KB109456

번역에 살고 죽고

번역에 살고 죽고

**치열하고도 즐거운
번역 라이프**

권남희

마음산책

번역에 살고 죽고

1판 1쇄 발행 2011년 4월 15일
1판 4쇄 발행 2014년 6월 5일
개정판 1판 1쇄 인쇄 2021년 6월 30일
개정판 1판 1쇄 발행 2021년 7월 5일

지은이 | 권남희
펴낸이 | 정은숙
펴낸곳 | 마음산책

편집 | 권한라 · 성혜현 · 김수경 · 이복규   디자인 | 최정윤 · 오세라
마케팅 | 권혁준 · 김은비   경영지원 | 박지혜

등록 | 2000년 7월 28일(제13-653호)
주소 | (우 04043) 서울시 마포구 잔다리로 3안길 20
전화 | 대표 362-1452 편집 362-1451   팩스 | 362-1455
홈페이지 | www.maumsan.com
블로그 | blog.naver.com/maumsanchaek
트위터 | twitter.com/maumsanchaek
페이스북 | facebook.com/maumsan
인스타그램 | instagram.com/maumsanchaek
전자우편 | maum@maumsan.com

ISBN 978-89-6090-682-2 03810

★ 이 책은 『번역에 살고 죽고』(2011)의 개정판입니다.
★ 책값은 뒤표지에 있습니다.

문장이 손끝에
착착 감기는 느낌,
마치 내가 쓴 글을
옮기는 듯한.

언제나 그 자리에서
번역하는 사람이고 싶다

『번역에 살고 죽고』가 나온 지 십 년째다. 십 년이면 강산도 변한다고 옛날 어른들이 말씀하셨지만, 우리 동네는 새로 지은 건물이 몇 군데 있을 뿐 별로 변한 게 없다. 이차선도로도 그대로고, 이차선도로변에 있는 우리 집도 그대로다. 나는 여전히 같은 집에서 같은 루틴으로 번역하고 있다. 본의 아니게 십 년을 한결같은 사람으로 살고 있다.

그러나 주위 사람들은 많이 달라졌다. 꼬꼬마 매니저 정하는 대학교를 졸업하고 어엿한 직장인이 됐다. 정하가 대학에 갈 때, 전공을 일본어로 선택하는 데 주저함이 없었다. 배 속에 있을 때부터 일본어와 친밀하게 지내왔고 집에는 일본어책들도 많으니 일본어 공부하기에 더없이 좋은 환경이다. 열심히 공부해서 학자라도 된다면 땡큐고,

7

여차하면 번역에 입문하는 것도 괜찮다. 그런데 정작 대학에 간 정하는 이중전공인 경영학을 더 즐겁게 공부했다. 일본어보다 그쪽이 적성에 맞는다고 했다. 교환학생까지 다녀오며 익힌 일본어 실력이 아까우니 그걸 살리면 좋겠다고 생각했지만, 정하가 4학년 때부터 일본 불매운동이 확산돼 일본어 전공자에게는 최악의 상황이 펼쳐졌다. 번역이 적성에 맞지 않는 아이인 것은 일찌감치 파악해서 권할 수 없었다. 갑자기 진로가 막막해졌지만, 다행히 경영학을 좋아한 정하는 미련없이 일본어를 버리고 착실히 취업 준비를 해서 좋은 직장에 들어갔다. 이 책에 수없이 바뀌는 정하의 장래 희망 얘기를 썼지만 현재의 장래 희망은 지금 다니는 회사에 뼈를 묻는 것이라고 한다. 이제 바뀌지 않았으면 좋겠다.

　십 년 사이에 떠난 이들도 많다. 아버지가 파란만장한 삶을 마치고 여든세 살에 세상을 떠나셨다. 목숨 걸고 사랑했던 강아지 나무가 무지개다리를 건넜다. 추천사를 써주신 남경태 선생님이 지병으로 너무 일찍 떠나셨다. 이 책이 나왔을 때 가장 먼저 '시간 잘 가고, 웃기기도 하고, 교양도 생기는 책을 찾는다면 『번역에 살고 죽고』가 어떨까요'라며 트위터에 올려주고, '내용은 실로 치열한 분투

기인데 글은 절로 웃음 짓게 만든다'라고 신문에 멋진 서평도 써주셨던 〈한겨레〉 구본준 기자님이 불의의 사고로 안타깝게 떠나셨다.

그런가 하면 『번역에 살고 죽고』를 읽고 번역가의 꿈을 키웠다는 어린 후배들이 이제는 어엿한 번역가가 되어 활동하고 있다. 당시에 어린 친구들은 꿈이 생겼다고, 후배들은 감명 깊게 읽었다고 블로그에 글을 남기거나 메일을 보내왔다.

그런 친구들 중에 한두 권 번역을 하긴 했지만, 아직 세상에 나온 번역서는 없는 햇병아리 후배 번역가가 있었다. 그는 자주 안부를 남겼다. 내용은 늘 "선생님 같은 번역가가 되고 싶어요"였다. 나는 누구에게도 개인적인 질문은 하지 않았다. 그들을 끌어주고 도와주고 하기에는 내 코가 석 자였다. 번역가가 꿈인 친구들에게 내가 할 수 있는 이야기는 교장 선생님 훈화처럼 뻔한 조언뿐이었다.

대부분 그랬지만 그도 부탁을 하거나 자신을 어필하는 일은 없었다. 그런 어느 날, 검토서가 들어왔는데 짬이 나지 않아서 거절하려던 차, 그 친구가 생각났다. 전공이 무엇인지 어느 학교를 나왔는지 나이는 몇 살인지 이름은 무엇인지 아무것도 몰랐다. 아는 것은 번역에 진심이라는 것뿐. 번역가는 눈에 보이는 스펙보다 실력이 중요하니 얼마나 공평한 직업인가. 이 햇병아리 후배는 단 한 번 주어진 천금 같은 기회를 멋지게 잡았다. 검토서가 아주 훌륭했던 것이다. 그 후 여러 출판사에서 검토 의뢰가 오면 종종 이 친구를 추천했다. 모두 검토서가 좋다고 칭찬했다. 급기야 내게 들어온 청소년소설을 스케줄이 맞지 않아서 그를 추천했더니, 출판사에서도 훌륭한 검토서를 본 터라 과감히 신인 번역가에게 맡겼다. 기회는 준비된 자에게만 오는 게 맞다. 그렇게 꾸준히 성장한 그는 이제 유명 작가들의 작품도 많이 번역하는 십 년 차 번역가가 됐다. 『번역에 살고 죽고』를 읽고 바로 번역아카데미에 달려가서 등록했다는 후배도 있다. 이미 그 친구가 번역가로 자리 잡고 난 뒤에 그 사실을 알게 됐지만, 대단한 의지의 한국인이라고 감탄했다. 이처럼 알게 모르게 『번역에 살고 죽고』는 누군가에게 번역가의 꿈을 심어줬고 누군가의 인생에 도움이 되고 있었다. 진심으로 영광이다.

벌써 여러 해 전부터 출판사에서 개정판을 내자고 제안했지만, 내가 쓴 책이나 번역한 책을 다시 읽지 못하는 고질병 때문에 어영부영 넘겨왔다. 그런데 작년 어느 날, 외출을 하고 왔더니 정하가 이 책을 읽고 눈물을 훌쩍거리고 있었다. 그러고는 이렇게 말했다. "엄마, 이 책 너무 감동이야. 이 책은 꼭 다시 나와야 돼. 개정판 꼭 내. 이렇게 '갓띵작'은 나 지금까지 읽은 적이 없어." 정하한테 정말 오랜만에 들은 칭찬이어서 기분은 좋았지만, "아우, 나 이 책 못 읽어서 안 돼"라고 거절했다. "엄마, 제발 꼭 읽어 봐. 진짜 재미있고 감동적이야. 너무 잘 썼어. 엄마가 다시 보여"라며 간곡히 부탁했다. 정말로 그날부터 존경심 가득한 눈으로 나를 바라봤다. 채 일주일도 가지 않았지만.

그 후로도 계속 읽어보라고 권해서 마지못해 읽기 시작한 이 책. 다섯 손가락 펼쳐 두 눈 가린 채 무서운 영화 볼 때처럼 책에서 몸을 사선으로 비끼고 못 볼 것 보듯이 멀찍이서 한 페이지 두 페이지 넘겼다. 그런데 어느새 몸이 제자리로 돌아오고 있었다. 오오, 괜찮네, 괜찮아. 십 년 전에 내게 무슨 일이 있어서 이렇게 잘 썼던 거지, 하고 어느새 자아도취에 빠져 시간 가는 줄 모르고 읽었다. 읽고 난 뒤, 개정판을 출간하지 않으면 아깝겠다고 생각했다.

공교롭게도 『번역에 살고 죽고』가 출간된 지 십 년째인 올해, 2탄 격인 산문집 『혼자여서 좋은 직업』이 나왔다. 『번역에 살고 죽고』가 과로사할 만큼 전투적으로 일을 했던 얘기라면, 『혼자여서 좋은 직업』은 느긋하게 번역을 즐기며 사는 얘기다. 책이 나오자마자 독자들의 반응이 무척 빨라서 놀랐다. 십 년 동안 별다른 부를 축적하진 못했으나 100권 가까이 번역서가 늘었고 나를 알아주는 독자도 그만큼 늘어난 것이다. 십 년의 세월이 그냥 흐른 건 아니구나, 하는 생각에 뭉클했다. 얼마 전 사인회를 하러 어느 독립서점에 갔을 때 점장님이 "선생님이 번역하신 책 많이 읽으며 청소년 시절 보냈어요"라며 팬이라고 인사를 해줘서 속으로 또 뭉클했다. 내가 번역한 일본문학을 읽으며 자랐다는 편집자들이 번역 의뢰를 해올 때도 많다. 번역을 시작할 때 태어난 아기가 올해 서른이 된 세월이다. 그 세월 동안 나는 변함없이 철들지 않고 있으니 한심할 따름이지만, 덕분에 변함없이 설레는 마음으로 번역을 하고 있는지도 모르겠다.

개정판을 위해 원고를 다듬다 보니 과로사할 정도로 일해왔구나 싶지만, 일본문학이 한참 인기 있던 시절이어서 좋은 작가들의 작품을 원 없이 번역한 것 같다. 아이도 다 성장하여 이제 여유로운 마음으로 번역을 즐기고 있다고는 해도, 그때로 돌아가라면 기꺼이 돌아갈 수 있다. 언제 또 그렇게 좋은 작품들의 바다에 빠져 허우적거릴 수 있을까. 행복한 시절이었다.

대단한 베스트셀러도 아니었는데, 긴 시간 꾸준히 인터넷에 회자되다가 급기야 이렇게 새 단장을 하고 다시 세상에 나온 것은 모두 독자님들 덕분입니다. 가장 오래, 가장 꾸준히 번역하고 글 쓰는 사람이 되겠습니다. 감사합니다.

2021년 여름

권남희

내 번역 인생의 8할은 '운발'

어릴 때부터 글쓰기와 책 읽기를 즐겼다. 장래 희망 역시 아동문학가와 소설가에서 나중엔 카피라이터, 잡지사 기자, 출판사 편집자 등 모두 글쓰기나 책 읽기와 관련된 직업들뿐이었다. 그러나 번역가가 되겠다는 생각은 단 한 번도 해본 적이 없다. 앞에 열거한 직업군은 공부를 잘하든 못하든 글 쓰는 재주만 있으면 될 수 있지만, 번역가란 직업은 적어도 석박사 학위를 땄거나 유학을 다녀온, 이른바 가방끈 긴 사람들이나 하는 일이라고 생각했기 때문이다. 나뿐만 아니라 그 시절에는 대부분 그런 인식을 갖고 있지 않았을까? 나와 같이 일본어를 전공한 선배나 친구들 가운데 꿈이 번역가라고 말하는 사람은 한 명도 없었다.

그런데 사람 일은 정말 알 수 없다. 석박사 학위도 없고, 유학이라곤 공부하러 일본 갔다가 실연하고 돌아온 전력이 전부고, 줄도 없고 빽도 없고 용기도 숫기도 없던 스물여섯 살의 나이에 겁도 없이 번역이란 세상에 뛰어들었다.

끈기도 없고 싫증을 잘 내서 새해 결심은 무조건 작심삼일로 끝, 무슨 일을 해도 석 달 열흘을 못 넘기는 나란 사람, 한두 권 번역하다 나가떨어져야 정상일 텐데 웬걸, 40대 중반이 된 지금까지도 갓 시작한 연애처럼 설레는 마음으로 하고 있다.

물론 나도 알고 있다. 내 번역 인생의 8할이 '운運발'이란 걸. 무라카미 하루키가 인기를 얻기 시작하고, 무라카미 류가 슬슬 독자들에게 알려지며 젊은 일본문학이 우리나라 독자들에게 침투하기 시작할 무렵에 나는 번역을 시작했다. 김난주 선생님과 양억관 선생님도 비슷한 시기에 시작하신 걸로 안다. 첫 일거리를 준 출판사 대표님 말씀처럼, 대학교수나 일제강점기에 일본어를 배운 분들이 주로 해오던 일본문학 번역이 자연스럽게 젊은 전문 번역가들로 세대교체가 일어나던 시기였다. 예의 '운발'로 좋은 때를 만나긴 하였으나, 유학파에 실력파인 두 선생님이 승승장구하며 좋은 책을 번역했던 것과 달리 내세울 스펙도 없고 출판사에 인맥도 없던 나는 이 바닥에서 자리 잡기까지 한 십 년은 맨땅에 헤딩하며 고전했다.

그리고 또 십 년이 지났다. 더러 인터넷을 돌아다니다 보면 일본소설을 고를 땐 권남희란 역자의 이름을 보고 고른다며 찬양해주는 독자가 있는가 하면, 권남희가 한 번역은 절대 보지 않을 거라고 굳게 다짐하는 독자도 있다. 독자들의 머릿속에 '일본문학 번역가 권남희'란 이름이 각인되어 있다는 사실만으로 감사할 따름이다. 적어도 이십 년이란 세월이 그냥 흐르지 않았구나 싶어서 뿌듯하다.

지금부터 그 이십 년 동안 아주 소심하게, 혹은 박 터지게 번역가로 살아온 이야기를 해보려고 한다. 이 책이 번역가가 되고 싶은 후배들에게 희망이나 좌절을, 번역가 따위에 전혀 흥미 없는 사람들에게 관심과 호기심을 불러일으키면 뒷감당은 어떻게 해야 할지 아무런 대책도 없긴 하지만.

2011년 봄
권남희

차 례

2 올빼미 번역가의 고군분투

검토자로 신임을 얻어라 | 첫 번역료는 어떻게 정할까? 적정 수준은? | 출판사가 결제를 안 해줄 경우 | 어려운 책이 들어왔다! | 번역하기 싫은 책 | 일이 끊겼을 때 | 기획서 통과 후 유의할 점

3 번역의 실제

4 행복한 글쓰기

1

번역의 바다에
발을 담그다

꿩 대신 봉황!

몇 해 전 일이다. 외할머니 장례식에서 만난 먼 친척 할머니에게 엄마가 내 소개를 (빙자한 자랑을) 했다.

"야가 우리 망내이 딸인데 번역 일을 해."

"버녁이라 카는 기 머이껴?"

"아, 그거는 일본글을 조선글로 바꾸는 기라."

"아이고, 기술도 잘 배았데이. 딸내미한테 우째 그클 존 기술을 갈찼니껴."

이거 뭐 장소팔 고춘자 만담도 아니고, 장소가 장소인지라 팝콘 튀듯 터지는 웃음을 참느라 애먹었다. 번역하는 딸 덕분에 유식한 척하는 우리 엄마의 표정도 재미있고, 시골에서 농사짓느라 얼굴이 까맣게 탄 할머니가 고개가 떨어져라 주억거리며 감탄하는 모습도 재미있고. 엄마는 그

분의 반응에 고무되어 그러고도 몇 사람에게 더 '번역하는 딸'을 소개(자랑)했다.

가끔 '일본글을 조선글로' 옮기다 한숨 돌릴 때면 그 할머니의 말이 생각난다. 참 명언이지 않은가. 번역이 '존 기술'이란다. 그러게. 번역은 정말 좋은 기술이다. 그런데 너무 어려운 기술이다. 어지간한 기술을 이십 년 가까이 했다면 〈생활의 달인〉에 나가도 나갔을 텐데, 이놈의 기술은 아직도 끝이 보이지 않으니 말이다. 그래도 이 기술 배워서 애도 키우고 집도 샀으니 어쨌거나 고맙고 좋은 기술인 건 분명하다.

고등학교 때 세운 인생 계획은 어디 섬에 가서 소설 쓰며 사는 작가가 되는 것이었다. 꿈도 아니고 계획이었다. 그 계획을 실현하기 위해 일단 졸업하기 전까지 학교 도서실 책을 모조리 섭렵하는 것을 목표로 세웠다. 삐딱한 문학소녀의 객기였다고나 할까. 삼 년 동안 죽어라 읽었지만 도서실 책은 반의 반의 반도 읽지 못한 채, 대학 원서를 쓸 때가 됐다. 당장 대학이 눈앞의 현실로 다가오니 섬이 어쩌고저쩌고하는 헛소리는 더 이상 나오지 않았다. 소설가가 되고 싶다고 했으면서 막상 문학을 전공하려니 덜컥 겁도 나고. 나는 과연 문학을 공부해서 등단이란 걸 할 수 있을까? 글을 써서 끼니를 해결할 수 있을까? 자신이 없었다. 그제야 철이 든 건지, 아니면 애써 외면했던 재능 없는 자신을 인정한 건지. 그래서 문학 대신 일본어를 선택했다. 외국어라도 하나 배워두면 밥벌이에 도움이 될 거라고 생각했다.

일본어로 전공을 결정하고, '문학을 전공하지 않아도 소설은 쓸 수 있잖아. 안정된 직업을 가진 다음에 글을 쓰면 돼'라며 자신을 위로했다. 밥을 벌어먹기 위한 외국어. 영어도 좋아했지만 굳이 일본어를 선택한 것은 순전히 고등학교 2학년 때 읽은 미시마 유키오의 『금각사』 덕분이다. 처음 읽은 일본소설에 묘한 전율을 느꼈다. 장래에 일본소설 번역을 업으로 삼게 될 운명의 그림자가 드리워졌던 걸까.

가전제품은 순간의 선택이 십 년을 좌우한다지만, 대학 전공 선택은 평생을 좌우하는 것 같다. 그때 아무 갈등 없이 국문과나 문예창작과를 갔더라면 내 인생은 어떻게 바뀌었을까? 아마도 곰발바닥 같은 재주로 등단은 꿈도 못 꾸고 졸업 후에 아무 데나 취직했다가, 결혼하고 아이를 낳고 평범하게 살면서 "나도 한때는 문학소녀였다우" 이러며 늙어가지 않았으려나. 학창 시절 내 꿈을 기억하는 이들은 "해마다 신춘문예 발표될 때면 혹시나 네 이름이 있을까 얼마나 찾았는데" 하고 서운해한다. 그러다 번역을 한다는 걸 알고 나면 "꿩 대신 닭 잡았구나" 하고 놀린다.
그들은 모른다. 꿩 대신 닭이 아니라, 꿩 대신 봉황이었다
는 것을.

잉여인간의 나날

　이십 대 중반의 창창한 나이에 나는 종일 방바닥 뒹굴며 세월을 보내는 백수였다. 그것도 학문에는 뜻도 없이 겉멋으로 잠깐 다녀온 것이나, 외국물까지 먹고 온 뒤에 말이다. 사지 멀쩡한 것이, 배울 만큼 배운 것이, 돈도 쓸 만큼 쓴 것이 놀고 있을 때의 주위 시선이란 그야말로 보이지 않는 칼이다. 돌아보지 않아도 등에 꽂히는 서늘한 시선에 온몸이 오싹거릴 지경이다. 백수생활을 해본 사람이라면 공감하리라. 길 가는 사람들은 모두 행복해 보이는데 나만 불행한 것 같은 비참함, 지구에서 나만 발을 헛디뎌 뚝 떨어진 것 같은 암담함을. 활짝 핀 예쁜 꽃들 옆에서 폐병 환자처럼 말라비틀어져가는 목련꽃잎을 보며 '아, 네 꼴이 꼭 내 꼴 같구나' 하고 심하게 감정이입하는 처절함을. 이만큼 세월이 흐른 뒤에 돌아보면 그저 동트기 전 가장 어두운 새벽이었을 뿐인데 말이다.

인터넷도 없던 시절이라 취업 정보가 사방에 널려 있는 것도 아니고, 사돈에 팔촌까지 아무리 눈 씻고 찾아봐도 취직자리 부탁할 만한 인물 하나 없고, 인간관계 황폐하여 찾아가서 도움을 요청할 만한 선배도 없고……. '외모가 안 되면 줄이나 빽이라도 있어야 할 텐데, 아무것도 가진 게 없네' 한탄하며, 일본에서 돌아온 뒤 잉여인간으로 보낸 몇 달이었다. 취업 시즌이 지난 어중간한 시기에 돌아온지라 신문 구인 광고는 신통찮았고, 꼭 들어가고 싶었던 잡지사, 출판사, 광고회사 같은 곳은 들어갈 바늘구멍조차 보이지 않았다. 그러면서도 막연하게 나는 잘될 것이다, 유명한 사람이 될 것이다, 믿는 자신감은 어디서 온 것이었는지. 잉여생활에 지쳐 뇌가 잠시 제 기능을 상실했던 건가.

잉여인간의 하루 일과는 아침 먹고 책, 점심 먹고 책, 저녁 먹고 책이었다. 어려서부터 책 읽기를 좋아하긴 했지만, 삼시 세끼 후식처럼 챙길 정도로 오매불망 사랑했던 건 아니다. 그런데도 종일 책을 끼고 살았던 이유는 첫째, 무위도식하는 자신이 싫었고, 둘째, 내가 앞으로 무슨 일을 하든 독서는 탄탄한 기본이 되어줄 거라 생각했으며, 셋째, TV 삼매경보다 독서 삼매경에 빠져 지내는 게 덜 초라해 보이기 때문이었다. 그리고 중요한 건 어른들은 책을 들고 있으면 공부하는 줄 알고 취직해라, 시집가라, 이런 잔소리를 안 한다.

그렇게 한동안 책에 빠져 살다가 독서 이외에 또 한 가지 소일거리를 발견했다. 소설을 번역하는 것이었다. 마침 일본에서 공부할 때 산 책이 몇 권 있어서 그 책을 노트에다 번역했다. 마감이라고 독촉하는 사람도 없고, 오역이니 뭐니 타박하는 사람도 없어 참으로 즐거운 작업이었다. 아무리 번역을 많이 해도 번역료 주는 사람이 없는 것이 나름의 애환이긴 했지만.

아, 그러나 쥐구멍에도 볕 들 날 있다 했던가, 꿈은 이루어진다 했던가. 기회는 정말 예고 없이, 어느 날 갑자기 찾아왔다. 친구의 상사의 지인, 이런 식으로 몇 다리 건너 알게 된 어느 소설가 선생님이 미천한 내게 번역 일을 할 출판사를 소개해준 것이다.

백수 날다

1991년 이른 봄, 소개받은 출판사를 찾아갔다. 충정로에 있는 출판사였다. 출판사란 곳도 난생처음 가보는 거였지만, 충정로도 초행이었다. 예나 지금이나 타의 추종을 불허하는 길치가 바짝 긴장해서 골목골목 더듬거리며 찾아간 A출판사. 감히 번역가가 되겠다는 꿈을 안고 찾아간 것은 아니었다. 그저 한시적이나마 아르바이트거리라도 주면 감지덕지라고 생각했다.

그런데 화통한 대표님이 아무것도 묻지도 따지지도 않고 번역할 책을 한 권 내줬다. 그러곤 한쪽 구석에 쌓인 일서를 가리키며, "이 책 번역 잘하면 저기 있는 책들도 맡길게요"라고 덧붙였다. 몇 년을 해도 다 못 할 분량이었다. '오호, 저 많은 책을 번역하려면 한시적이 아니라 영원이 걸릴지도 모르겠는데? 나 오늘부로 백수생활 끝나는 건가?' 잠시 희망에 부풀었다. 번역료는 비록 200자 원고지 장당 600원이라는 말도 안 되는 가격이었지만(잡지 번역 아르바이트도 800원 하던 시절이었다), 생초보였던지라 일을 맡겨주는 것만도 감사했고, 돈보다 경험과 경력을 쌓는 게 중요하다고 생각했다.

번역할 책을 받아온 나는 당장 286컴퓨터와 프린터부터 샀다. 마치 번역 공장을 차리는 기분이었다. 컴퓨터를 가르쳐주는 사람은 없었다. 특별히 배울 것도 없었다. 한글 프로그램만 사용하면 되니까. 대학교 때 타자학원을 다닌 적이 있어서 타이핑 속도는 빨랐다. 부모님은 내가 생전 배우지도 않은 컴퓨터를 다루는 걸 보고, 만나는 사람마다 "원래 야가 어릴 때부터 머리가 좋아서 다들 판사라도 될 줄 알았다니까" 하며 자랑했다.

경이로워하는 가족의 시선을 한 몸에 받으며 낮이고 밤이고 부지런히 번역한 소설은 다니엘 스틸의 작품이었다. 제목(원제)은 『칼레이도스코프』. 최진실과 최수종이 주인공으로 나와 크게 히트했던 드라마 〈질투〉의 원작자가 다니엘 스틸이어서 덩달아 그의 소설이 인기가 높을 때였다. 일본어를 전공한 내가 처음 번역한 소설이 다니엘 스틸 책이라니 이상하지 않은가? 내가 번역한 다니엘 스틸 책은 당연히 일본어로 번역된 소설이었고, 그때나 지금이나 영어 번역보다 일본어 번역의 번역료가 낮으니 중역을 맡겼던 것 같다.

다니엘 스틸의 소설을 번역하는 일은 정말 재미있었다. 이건 뭐, 일인지 놀이인지 분간할 수 없는 즐거움이었다. 누가 재촉하는 것도 아니고 마감이 촉박한 것도 아니었지만 밥 먹고 잠자는 시간 빼고는 번역에만 매달려, 초짜치고 아주 짧은 시간에 뚝딱 한 권을 마쳤다. 프린트해서 교정을 본 뒤 우편으로 디스켓을 보냈더니, 첫 번역을 본 대표님이 말했다.

"그렇게 짧은 시간에 어쩌면 이렇게 번역을 잘했어요? 확실히 젊은 세대가 일본어를 번역하니 맛이 다르네. 그동안 일본어 번역은 아무래도 일제강점기 때 일본어를 배운 어른들이 많이 했잖아요. 이제 일본어 번역도 세대 교체를 하는구나. 번역이 아주 신선해요."

이런 칭찬과 함께 다음에 번역할 책을 여러 권 안겨줬다. 백수, 드디어 파닥파닥 날기 시작했다.

대리 번역의 비애

처음 번역한 소설, 『칼레이도스코프』가 출간됐다. 두근 두근하며 첫 책을 기다리는 내게 대표님이 말했다.

"영미 소설인데 번역자가 일본어 전공이면 안 되겠죠? 그래서 다른 사람 이름으로 냈어요."

지당하신 말씀이라고 생각했다, 서운했지만. 그 후로도 두어 권 더 영미 소설을 번역했고, 역시 다른 사람 이름으로 출간됐다.

그렇지만 기회는 왔다. 드디어 일본소설을 번역하게 된 것이다. 이츠키 히로유키라는 유명한 작가의 소설이었다. 이제야 내 이름으로 번역서가 나온다고 생각하니 어찌나 좋은지 더 신나게 더 꼼꼼하게 작업을 했다. 책이 출간됐 다. 그러나 내 이름은 없었다. 대표님이 말씀했다. "남희 씨는 경력이 없어서 다른 사람 이름으로 냈어요."

물론 섭섭했지만, 그 말씀도 지당했다. 하지만 작업할 때마다 이런저런 이유로 다른 사람의 이름으로 낸다면 내 경력은 어떻게 만든단 말인가. 경력이 없는 나는 계속 대리 번역만 해야 하는 건가?

그래도 섭섭하다고 얘기하지 못했다. 괜히 억울하다고 악악거리다 잘려봐야 득 될 게 없다. 아직은 더 수련을 하는 시기라고 생각하기로 했다. 그런데 영원히 계속될 줄 알았던 그 출판사와의 관계는 의외로 일찍 끝나버렸다. 대리 번역 문제는 대표님의 뜻을 이해할 수 있어서 서운해도 이의를 제기하지 않았는데, 어린 마음에 도저히 납득할 수 없는 일이 생긴 것이다. 그 출판사에서는 원고를 다른 출판사에 팔기도 하는데, 내게 주는 것과 번역료 차이가 많이 났다. 내가 받는 번역료는 원고지 장당 600원이었는데, 다른 출판사에 팔 때는 1500원을 받고 있었다. 물론 기획료 별도에 편집부에서 전혀 손보지 않은 채로. 원고를 산 B출판사의 편집자와 교정 문제로 통화를 하다 알게 된 사실이었다.

울컥했다. 처음에 장당 600원이라 했을 때, 적다고 생각은 했지만 내 번역의 질을 장담할 수 없는 상황이니 기꺼이 받아들였다. 그러나 서너 권 정도 번역한 그때까지도 번역료를 올려줄 기미가 전혀 없어 보였다. '1500원을 받을 가치가 있는 원고라면 절반이라도 줘야지, 이거야말로 노동 착취로군' 생각하니 밤에 잠이 오지 않았다. 그래서 번역료 인상을 요구하기로 하고, 생각 끝에 대표님한테 편지를 썼다. B출판사의 번역료 얘길 들었네, 섭섭하네, 아버지 하시는 일이 실패해서 가정 형편이 어렵네…… 구질구질 길게 쓴 뒤에 마무리는 소심하게 "잡지 번역료만큼이라도 주세요." 한 줄로 요약하면 원고지 장당 200원 인상을 요구하는 편지였다.

결과는? 일언지하에 거절당했다. 큰마음 먹고 꺼낸 칼을 그냥 칼집에 넣긴 민망해서 결국 그 출판사 일을 그만두게 됐다. 올려주지 않아서 그만둔 건 아니다. 돈 얘기란 게 원래 좋은 방향으로 흐르지 않으면 같이 일하기가 불편해진다. '잘렸다'라는 표현이 옳을지도 모른다.

살아오면서 종종 그때 일을 떠올린다. 열악한 번역료였지만 계속 그곳에서 일을 했더라면 내 인생은 어떻게 달라졌을까? 지금보다 나았을까, 못했을까?

나의 성공 여부는 차치하고라도, 돌이켜볼 때마다 참 부끄러운 기억이다. 어린 마음에 '1500원이나 받고 팔면서 나한테는 600원밖에 안 주다니!' 생각했지만, 그건 출판사와 출판사 간의 문제지 애초에 600원 받고 일하기로 구두 계약을 한 내가 상관할 바는 아니었다. 그냥 산뜻하게 "번역료를 좀 더 올려주시면 안 될까요?"라고만 했으면 서로 좋았을 텐데. 그것도 잠 안 오는 밤에 편지로 쓸 게 아니라, 직접 만났을 때 방실방실 웃으며 말했더라면 좋았을 텐데. 그리고 하필 집안이 어려워져서 가장 노릇을 할 때였다고는 하나, 구질구질한 개인사는 얘기하지 않는 게 좋았을 텐데……. 듣는 사람이 얼마나 부담스러웠을까.

이참에 번역하는 후배들에게 꼭 하고 싶은 말. 번역료 인상을 요구할 때는 구구절절한 개인사 따위 읊지 말고, 실력을 쌓아놓은 다음에 당당하게 요점만 간단히 말하세요.

잊을 수 없는 첫 번역서

지금은 책꽂이에도 없는 나의 첫 번역서는 1991년 7월에 나왔다.

내 번역 원고를 1500원에 샀다고 제보(?)해준 B출판사에 백수 시절 번역해두었던 호시 신이치의 『신들의 장난』을 소개했더니, 형식이 독특하고 재미있어서인지 선뜻 출간하겠다고 했다. 호시 신이치의 소설은 'shot shot'이라고 불리는 아주 짤막한 콩트식 미스터리로, 누가 읽어도 재미있고 기묘한 이야기다. 요즘은 독자들에게 호시 신이치가 꽤 알려져 있지만 그때만 해도 소개된 적이 없었고 그의 소설 역시 아주 낯선 장르였다.

내 이름을 단 첫 번역서는 그렇게 어이없을 정도로 쉽게 나왔다. 의도한 것은 아니었지만, 내가 갖고 있던 책을 번역하였으니 기획까지 같이 한 셈이다. 기획과 번역을 한 작품이니 과연 이번에는 번역료를 얼마나 줄지 기대가 됐다. '기대라니? 번역료 얘기는 출간 전에 결정하는 거 아냐?'라고 생각할 것이다. 맞는 말이다. 그러나 현실의 나는, 책이 나와서 입금해줄 때까지 번역료가 얼마인지도 모르고 있었다. 지금도 크게 나아진 건 없지만, 그때는 정말 중증으로 돈 얘기를 못했다. '신성한 책 앞에서 어떻게 돈 얘기를 하나' 생각했다. 나야 몰라서 그렇다 치고, 계약서의 'ㄱ' 자도 꺼내지 않고 번역료 합의도 없이 일을 진행한 출판사는 또 뭐람, 이제 와서 투덜거려본다만······.

드디어 번역료가 입금됐다. 기획과 번역을 같이 하여 기대했던 번역료는······ 원고지 장당 800원! 앞에서 얘기했지만, 잡지 번역 아르바이트 때 받던 값이다. 주간님은 "A출판사에서 600원 받았다 해서 우린 좀 더 생각해드렸어요"라고 선심 쓰듯 말했다. 정말 억울했지만, 그래도 뭐라고 한마디 못했던 스물여섯의 순진하고 멍청한 아가씨. 1960년대도 아니고, 무려 1990년대 초반에 어쩌면 그리도 어수룩하게 살았을까. 일을 시작할 때 계약서를 써야 한다는 것을 알아뒀더라면 그다음부터는 수월했을 텐데, 처음부터 구두로 진행하고 주먹구구식으로 계산했던 터라 나는 그 몇 해 뒤에야 계약서란 걸 알게 됐다. 하긴 그 무럽에는 계약서를 쓰는 출판사가 많지 않긴 했다.

첫사랑이 가슴에 영원히 기록되듯 역시 첫 출판사, 첫 번역서여서 기쁨도 슬픔도 고마움도 서운함도 어제 일처럼 또렷하게 기억나는 것 같다. 잊히지도 않는 첫 번역서의 번역료 84만 원. 그다음 책들은 얼마를 받고 번역했는지, 어떤 편집자를 만났는지, 그때의 기분은 어땠는지 전혀 생각나지 않는다.

재미있는 사실은 『신들의 장난』이 호시 신이치 팬들에게 '레전드'가 되어 있다는 것이다. 나도 소장본이 없어서 중고 도서를 구할 수 있을까 싶어 검색해보니 "헌책방에서 『신들의 장난』 구했어요, 꺄악" 이런 글들이 눈에 띄었다.

당시에도 반응이 좋았는지, 출판사에서 바로 호시 신이치 2탄을 내자고 했다. 그래서 나온 책이 『그 아이의 상자』다. 한창 〈광수생각〉이 유행할 때여서 박광수 씨의 그림이 들어간 책은 제법 세련된 모양으로 세상에 나왔다. 안타깝게 이 책도 소장본이 없어서 중고 도서를 찾아보니 역시나 희귀본이 되어 있었다.

기획거리 찾으러 일본으로

번역을 시작했다. 지구상에서 아는 출판사는 단 두 곳. 그중 한 곳은 거래가 끊겼으니, 매달릴 곳은 나머지 한 곳뿐이다. 그러나 직원 네댓 명의 작은 출판사인 데다 일본 도서는 일 년에 몇 권 할까 말까, 그나마 그 몇 권이 내게 온다는 보장도 없다. 다시 백수로 돌아간 거나 다름없었지만, 나는 이미 이 일이 천직임을 확신하였기 때문에 더 이상 구직 활동을 할 생각이 없었다.

자, 앞으로 번역을 해서 먹고살기로 작심을 했고, 일을 주는 출판사는 없고, 갖고 있는 책 중에서는 더 이상 번역할 만한 게 없다. 어느 출판사고 내가 서식하는 곳에다 일거리를 던져줄 가능성은 전무하다. 감나무 밑에서 입을 벌리고 누워 있으면 운 좋게 하나라도 떨어지겠지만, 주위에는 나무 그림자 하나 없다.

당시의 개인적인 상황을 잠깐 얘기하자면, 평생 목욕탕을 운영해온 아버지가 사기를 당해 재산을 홀라당 날려버리는 바람에, 집안 분위기는 물론 가계 사정이 아주 심각했다. 형제들은 모두 결혼하고 나만 남은 집에는 언제나 한숨 섞인 공기만 가득. 무엇보다 아버지는 워낙 잔소리가 많고 독선적이어서 24시간 함께 있는 게 고역이었다. 결혼을 하든지 어쩌든지 빨리 이 집에서 벗어나고 싶다는 생각뿐이었지만, 현실은 결혼할 남자도 없고, 독립 자금도 없고, 일도 없고…….

그러나 대리 번역이든 내 번역이든 몇 권 해본 경험이 있어서인지 좀 더 적극적으로 개척하면 뭔가 풀릴 것 같은 막연한 자신감은 있었다. 어차피 내게 책을 맡길 출판사는 없으니 내가 기획을 해서 출판사에 보내보자. 머릿속에 별의별 아이디어가 다 떠올랐다. 일본에 가서 연애를 테마로 한 에세이집 같은 것을 사서 좋은 글들만 골라 책 한 권으로 묶어보면 어떨까? 이십 대 여성의 감성으로 선별한 달콤한 연애 글, 먹히지 않을까? 이 아이디어가 떠오른 바로 다음 날 일본 비자를 신청하러 갔다. 그러곤 부모님께 손을 벌렸다.

"책 한 권만 번역해도 일본 다녀오는 경비가 빠지거든

요. 책을 이만큼 사와서 다 번역하면 돈 엄청 벌겠지요? 그러면 엄마, 아버지께 절반 드릴게요. 돈 좀 빌려주세요. 일본 가서 책 사오게요.”

부모님은 그 세대 많은 분들이 그렇듯 초등학교도 제대로 못 다닌 분들이다. 이런 학문적인(?) 방면으로는 속이면 다 속으신다. 나의 감언이설에 넘어간 구두쇠 부모님은 없는 형편에 선뜻 경비를 빌려줬다. 일단 비자를 받고, 며칠에 걸쳐 큰 서점을 다니며 어떤 책이 반응이 좋은지 조사했다. 베스트셀러 목록을 보면 한눈에 알 수 있긴 하지만, 베스트셀러까진 아니어도 잘나가는 책들의 경향을 알아볼 필요가 있었다. 대충 가닥을 잡았다 싶을 때, 도쿄로 날아갔다.

도쿄에 가서는 대형 서점인 기노쿠니야에서 같은 조사를 했다. 무슨 책이 잘나가는지, 어떤 재미난 책이 있는지, 출판사에서 선호할 만한 책은 뭐가 있는지, 어떤 작가들이 유명한지……. 그때만 해도 문학만 번역하겠다는 생각은 없었으므로(문학이고 뭐고 따질 처지도 아니었고), 시선을 끌고 구매 욕구를 부추기는 자기계발서를 더 관심 있게 봤다. 그렇게 사흘 동안 기노쿠니야에 출퇴근한 끝에 10여 권의 책을 샀다.

그다음에는 간다 헌책방 거리에 갔다. 연애를 테마로

한 에세이집 찾아다니기. 일본에는 진짜 이런 책들 많다. 널리고 널리고 또 널렸다. 문고본 한 권에 100엔, 어떤 책은 두 권에 100엔. 잔뜩 샀다. 자기계발서랑 소설도 좀 사고, 나름대로 야무지고 현명하고 똑똑한 책 쇼핑을 하고 왔다…… 고 생각했다.

아, 도쿄에서 책만 사온 게 아니었다. 결혼할 남자도 하나 구했다.

연약한 몸으로(몸무게 42킬로그램 나가던 시절이었다) 그 많은 책을 이고 지고 한국에 오자마자 사온 책들을 밤낮없이 읽어댔다. 그런데 어어…… 이놈의 자기계발서들은 제목과 목차와 앞쪽 몇 편만 번지르르하고 뒤로 갈수록 중언부언, 쓸데없는 소리로 페이지만 채우고 있네. 소설들은 그럭저럭 괜찮으니 합격. 그런데 에쿠니 가오리의 소설이 한국에서도 먹힐까? 요시모토 바나나의 소설은 또 어떨까? 두 작가 모두 아직 한국에는 소개되지 않았는데……. 히가시노 게이고, 시마다 마사히코 등의 작품도 여러 권 가져왔는데, 일본에선 유명하지만 한국에선 어떠려나. 와타나베 준이치 또한 밀리언셀러 작가지만, 작품은 의외로 가벼워서 우리나라 독자들의 정서에 맞을지 의문이었다. 『실낙원』이 나오기 전이었으니 국내에서 인지도도 없고.

자기계발서는 한 권 빼고 모두 별로여서, 몇 권 괜찮다 싶은 소설만 검토서를 써서 몇몇 출판사에 보냈다. 그랬더니 이런 반응이 왔다. "이름이 바나나야? 토마토 아니고? 에쿠니 가오리? 앗싸 가오리? 내용이 뭐 이래. 이런 걸 누가 읽어요." 검증되지 않은 일본 작가들의 책을 선뜻 내려고 하지 않았다. 그때 검토서를 돌렸던 책이 에쿠니 가오리의 『반짝반짝 빛나는』, 요시모토 바나나의 『N·P』 『슬픈 예감』이다. 아시다시피 일본소설 좋아하는 독자들이라면 사족을 못 쓰는 작품들이고, 두 작가의 아성은 더 이상 설명이 불필요할 정도다. 2002년도에 먹혔던(『반짝반짝 빛나는』의 경우) 책을 1993년에 기획했으니, 너무 앞서갔던 나는 번역계의 이상李箱이었던가. 같이 기획했던 다른 작가들 책도 마찬가지 이유로 퇴짜를 맞았다.

이렇게 저렇게 다 물먹은 나의 마지막 보루는, 연애 에세이집들에서 그럴싸한 글을 골라 책을 한 권 엮는 것. 에세이 몇 편을 샘플로 번역해서 출판사에 보냈다. 서점에서 이런 유의 에세이집을 많이 내는 출판사 중 한 곳을 고른 것이다. 샘플 원고를 본 출판사에서 선뜻 출간하겠다며 계약하러 오라고 했다. 번역료는 얼마였는지, 기획료는 받았는지 기억이 하나도 안 나는데, 편집자가 뜬금없이 "대학만 나왔어요? 난 대학원 나왔는데" 이런 말을 했던 기억은 난다.

　이 글을 쓰느라 십여 년 만에 책을 꺼내서 역자 프로필을 보니 번역한 책이 네 권 있을 때였네. 겨우 네 권 번역하고 '권남희 엮음' 이런 책을 내다니, 무식해서 용감했던 것 같다. 제목은 『헤어져서 그리운 여인보다는 지금 사랑받는 여자이고 싶다』로, 본문 중에 나오는 문장이다(출판사는 왜 이런 제목을 짓는지). 책에 실린 글들은 대충 이런 식이었다.

　　벚꽃은 덧없이 지기 때문에 사람들의 발걸음을 멈추게 합니다. 무지개는 한순간이기 때문에 사람들의 마음을 빼앗습니다. 사랑은 이별이 있기 때문에 아름답습니다. 좋은 이별을 하세요. '그때 그 사람과 헤어지길 잘했다' '헤어졌기 때문에 지금의 내가 있다'라고 생각할 수 있는 이별을. 이별은 사랑의 파국이긴 하지만, 인생의 파국은 아니랍니다.

　　혹은

　　여자의 결혼은 애드벌룬을 띄우는 것과 같다.
　　아침에는 적당히 남자를 날려 보내고,
　　밤이 되면 빨래와 함께 그를 거두어들인다.

여기에서 어려운 것은 그를 날려 보내는 일이다.

너무 멀리 놓아두면 바람이 들고,

너무 낮게 잡아두면 불만이 쌓이기 때문이다.

남자에게 결혼이란 여자의 무게를 견디는 일이다.

그것은 동시에 지구의 중력을 견디는 것이기도 하다.

지금은 옮겨 적기조차 민망한데, 이십 대 때는 저런 문장이 괜찮아 보인 모양이다. 군데군데 쓸 만한 것들도 있긴 하나, 전체적으로 매우 낯간지러운 글들이다. 책 표지는 1960년대스럽고, 번역은 세 줄을 매끄럽게 넘기지 못하고……. 총체적 난국이라 함은 이럴 때 쓰는 표현이려나.

그런데 이 민망한 책은 몇 년 뒤에 제목과 표지를 싹 바꿔서 다시 서점에 깔렸다. 물론 출판사에서는 내게 아무런 언질도 없었다. 신간 코너에 있는 내 이름을 보고 '어? 이런 제목의 책은 번역한 적 없는데?' 하고 뒤적여보니 이 책이었다.

비록 수십 권 사온 책 중에서 단 한 권밖에 만들지 못했지만, 이렇게 기획 번역을 시작했다. 경험 있는 사람은 알 것이다. 한 권 성공하기도 쉽지 않다는 걸. 그걸 계기로 해마다 도쿄에 가서 책을 바리바리 사 들고 왔지만, 건지는 건 항상 한두 권뿐이었다. 책을 고르는 안목이 없었던 것도 있겠으나, 돌이켜보니 한 곳에서 거절하면 '이 책은 별로인가' 하고 의기소침해져서 다른 곳에 또 소개하길 꺼렸던 탓이 컸다. 출판사마다 성향이 다른데, 그 점을 생각하지 못했다. 무엇보다 소심하고 부끄럼쟁이인 성격이라 낯선 출판사에 전화해서 나를 설명하고 작품을 설명하는 일이 고역이었다. 그래서 기획안을 들고 많은 곳에 부딪치질 못했다. 기획을 하지 않은 지 오래됐지만, 아마 지금 하라고 해도 모르는 출판사에 전화하는 일은 잘 못 할 것 같다. 아는 출판사에 전화하는 것도 며칠 전부터 심호흡을 하다 큰마음 먹고 할 정도로 소심하니……

기획 얘기 하다 뜬금없지만, 인생은 참 잘 만들어진 드라마나 영화 같다. 누구의 인생이든 말이다. 그것이 성공한 인생이든 실패한 인생이든 관계없이. 어쩜 그렇게 곳곳에 절묘한 복선을 장치하고, 사건을 만들고, 희로애락을 심어놓는가. 살아가면서 만나야 할 사람들을 시기별로 분류하여 적재적소에 데려다 놓고. 이보다 아귀가 잘 맞아떨어지는 완벽한 시나리오도 없을 것이다. 누가 알았겠는가. 어느 날 갑자기 아이디어가 떠올라 책을 사러 갔던 도쿄에서 운명의 사람을 만나게 될 줄을, 게다가 그로부터 6개월 뒤에 결혼하게 될 줄을, 그리하여 일본에서 신혼생활을 보내게 될 줄을 말이다.

차라리 내가 쓰자

결혼은 운명이라고 생각한다. 하긴 나는 길을 가다 엎어지는 것도 운명이라고 생각하는 사람이긴 하다. 운명의 사람을 만났을 때, 불꽃이 튀었다거나 전류가 흘렀다거나 이런 건 전혀 없었다. 결혼 같은 걸 하게 될 거라는 느낌조차도 없었다. 그런데 결혼을 했다. 둘 다 어디로 튈지 모르는 B형에다 사고방식이 독특했던 탓도 있지만, 그 사람은 이국에서의 자취생활이 적적했고, 나는 집에서 벗어나고 싶어 했다는 타이밍이 그렇게 만든 것 같다. 나는 서울에 있었고 그 사람은 일본에서 직장을 다니고 있었다. 전화와 팩스와 국제우편으로 소통을 하다 도쿄에서 만난 지 6개월 만에 결혼식을 올렸다.

내가 아는 모든 사람들을 깜짝 놀라게 한 '전격적인' 결

혼식 다음 날, 삶의 터전은 바로 도쿄의 미타카란 곳으로
바뀌었다. 그곳에서 신혼생활이 시작됐다. 집에서 도보
2분 거리에는 미타카 시립도서관이 있고, 미타카 역에서
한 역을 더 가면 그 유명한 기치조지였다. 기치조지에는
대형 서점도 있고 헌책방도 많다. 마음껏 책을 읽고 기획
하기에는 최적의 환경이었다. 혼수 겸 이삿짐 겸 갖고 간
것도 이불 보따리 하나와 새 컴퓨터 한 대가 전부였다. 아
주 저렴하게 결혼한 사례라 하겠다.

　새댁이 된 나는 거의 하루 온종일을 도서관에 가서 책
을 읽으며 우아하게 보냈다. 이때 읽은 책들은 독서용이
아니라 기획용이었다. 부잣집 며느리가 된 것도 아니고,
몸은 바다 건너 와 있지만 마음은 늘 어려운 친정 걱정뿐
이라 되도록 빨리 일을 시작해서 친정을 돕고 싶었다. 그
러나 도처에 일본 서적이 깔렸다고 해서 출간할 만한 책
을 쉽게 찾을 수 있는 것은 아니었다. 마음은 급했지만, 이
제 겨우 책 네댓 권 낸 초짜 번역가. 출판에 대한 감이 있
을 리 없었다. 처음에는 책 한 권도 '기획거리'를 찾아내
느라 눈에 힘을 주고 읽었으나, 그것은 점점 일상의 '독
서'가 되어갔다. 하루 이틀도 아니고 날마다 일본어 활자
속에 파묻혀 있으니 어떤 책이 한국의 출판 시장에 먹힐
지 판단력도 흐려졌다. 하도 읽다 보니 읽는 일이 지겹기

도 했다. 물 반 고기 반인 곳에 온 만큼 아무 책이나 집어 들어도 쓸 만하겠지 생각했지만, 앞에서 말했듯이 에쿠니 가오리도 요시모토 바나나도 먹히지 않는 출판 시장에 뭘 들이밀 수 있겠는가. 자신감이 점점 줄어들었다. 그렇다고 마냥 출퇴근하다시피 도서관에 다니며 놀고만 있을 수도 없었다. '내가 노는 게 노는 게 아니'긴 했지만.

그래서 이번에도 『헤어져서 그리운 여인보다는 지금 사랑받는 여자이고 싶다』와 같은 콘셉트의 책을 준비하기로 하고, 헌책방에서 스무 권가량의 연애 관련 에세이집을 문고본으로 사다가 좋은 글을 추려봤다. 일단 몇 편을 번역하여 출판사에 보냈더니 바로 OK가 났다. 역시 사람들은 이런 말캉말캉한 책을 좋아하는구나. 이런 작업이라면 식은 죽 먹기, 땅 짚고 헤엄치기지…… 라고 생각했더니만, 돈 버는 일이 그리 우스운 게 아니었다. 막상 본격적인 작업에 들어가서 에세이집을 모두 읽고 보니 쓸 만한 내용이 별로 없는 거다. 일본 책들은 어째 이렇게 목차로 낚시질을 하는 걸까? 처음부터 끝까지 구미가 쪽쪽 당기는 목차와 달리, 본문은 3분의 1만 읽으면 될 정도고 그 뒤로는 허술하기 짝이 없었다. 스무 권 가까운 책 속에 책 한 권 만들 글이 없다는 게 말이 되냐고요. 결국 이런 결론을 내렸다. '그래, 차라리 내가 쓰자.'

그리하여 원고의 3분의 1가량을 직접 쓴 책,『왜 나보다 못난 여자가 잘난 남자와 결혼할까』가 나오게 된다. 제목은, 실제로 나보다 못하다고 생각했던 친구가 정말 괜찮은 남자와 결혼하는 걸 보고 지은 것이다. 나보다 못났다고 생각했지만, 그런 잘난 남자와 결혼했을 때는 친구에게 뭔가 더 치명적인 매력이 있지 않겠는가 하는 내용이다. 짜깁기 책이다 보니 이음새도 매끄럽지 않고 번역도 썩 좋은 편은 아니었으나 의외로 반응이 좋아서 5쇄까지 찍었다. 무슨 여성 단체의 추천 도서로 뽑히기도 했다. 번역료 수준으로 받은 매절 계약이어서 큰 수입은 되지 않았지만.

혹시 이 글을 읽으면서 '나도 한번 짜깁기 책을 기획해 봐야겠다!' 생각하는 후배들이 있을지 모르겠다. 요즘은 저작권 때문에 마음대로 이런 짓 하면 잡혀갑니다요.

그 무렵의 시대적 배경(?)을 말하자면, 전여옥의『일본은 없다』가 장기간 베스트셀러 1위를 하고 있을 때였다. 책에 대한 평가는 속으로 삼키기로 하고, 그 책을 보니 '나도 일본에서 사는 이야기 한번 써볼까?' 하는 생각이 들었다. 날마다 엉뚱한 아이디어가 샘솟는 해맑은 뇌였지만, 게으른 몸뚱이가 도무지 협조를 해주지 않아 번역 기획은 지지부진한 상태였다. 결혼한 지 2개월 만에 임신을 해 몸이 힘들었던 것도 게을러진 이유 중 하나다.

그래도 아이가 태어나면 일을 하기 힘들 테니 그전에 뭐라도 해야지, 하고 『동경신혼일기』라는 책을 기획하게 됐다. 몇 편을 써서 출판사에 보냈더니 또 바로 OK. 나도 기획안 몇 편으로 늘 낚시질을 하는 모양이다.

아마도 출판사에서는 나머지 원고를 다 받은 뒤에 괜히 계약했다고 땅을 쳤을 것 같다. 그때 담당자가 친구 남편이었다. 부인의 친구니 뭐라고 욕은 못 하고, 보잘것없는 원고로 책 만드느라 고생 많았을 것이다. 이런 생각을 한 건 책이 나오고 십 년도 더 지난 뒤였다. 당시에는 내가 쓴 책이 세상에 나왔다는 사실에만 들떠 있었다. 시어머니는 절의 불자들한테 적극 홍보하여 수십 권씩 팔아주셨는데, 세상에, 요즘 그 책을 읽어보니 찢어지게 가난한 신혼에 궁상맞게 사는 얘기 아니면 남편하고 열 손가락이 다 오그라들도록 닭살 떨며 사는 얘기뿐이다. 아들 일본 가서 잘산다고 엄청 허풍 치고 다니셨을 텐데 얼마나 창피하셨을까. 책을 만든 사람, 산 사람, 읽은 사람 모두에게 미안한 책이었다.

출판계에 새바람을 일으키던 재력 있는 출판사여서 신문광고도 많이 내주고 했는데, 인세가 더 들어오지 않은 걸로 보아 결과는 좋지 않았던 모양이다. 그리고 그 출판사, 몇 년 뒤에 문을 닫았다. 내 탓만은 아니겠지만, 조악한 원고로 문 닫는 데 일조한 것 같아서 생각날 때마다 송구하다.

첫 베스트셀러 탄생

햇수로 삼 년 동안의 일본생활을 마치고, 세 식구가 되어 서울로 돌아왔다. 정하가 생후 16개월 때였다. 아이를 낳고 난 뒤로는 거의 일을 쉬었다.

그러다 서울에 오고 나서 다시 기획을 시작했다. 일본에 있을 때 알게 된 월간지 〈다빈치〉를 정기 구독하며 정보를 얻었고 좀 괜찮아 보이는 책이 있으면 지인을 통해 구입했다. 그러고는 검토서를 작성하여 출판사에 보냈다. 그러다 하나 얻어걸린 책! 아마도 내가 그때까지 번역한 책 중에서 처음으로 많이 팔렸고, 처음으로 기사가 많이 나온 책이 이 책일 것이다.

재일 교포 소설가 유미리의 『창이 있는 서점에서』라는 에세이집이었다. 나는 유미리란 작가를 일본에 있을 때 처

음 알게 됐다. 역자 후기에 쓴 글로 설명을 대신하자면,

유미리. 두어 해 전 〈아사히신문〉에서 그의 책 광고를 처음 보았을 때, 그것은 육아에 지쳐 문학에 관심을 접고 지내던 내게 상당한 충격이었다. 대체 어떤 사람이기에 재일 교포임에도 불구하고 어린(?) 나이에 아사히신문사에서 소설까지 출간했을까? 신문에 실린 그의 일생은 파란만장하기도 했다. 재일 교포인 부모는 일찌감치 이혼을 하여, 어머니는 다른 남자와 살림을 차리고 여동생은 포르노 배우, 그 자신은 몇 번의 가출과 자살 미수에다 고등학교 중퇴…….

한동안 가슴 아픈 이력의 유미리가 머리에서 떠나지 않았으나, 아기 젖 먹이고 기저귀 가는 일이 더 바빴던 나는 그의 책을 읽지 못하고 귀국하게 됐다. 그런데 얼마 전 신문에서 두 번째로 유미리의 이름을 발견하고, 처음 봤을 때보다 더한 충격을 받았다. 그가 아쿠타가와상을 수상했다는 것이다.

—유미리, 『창이 있는 서점에서』(무당미디어. 1997)

그랬다. 일본에서 미처 유미리의 책을 읽지 못했다. 그러나 유미리가 곧 화제의 작가가 될 거란 건 감지했다.

〈다빈치〉에 유미리의 신간이 소개된 걸 보고 얼른 지인에게 부탁해서 책을 구입했다. 그리고 얼마 후, 그가 아쿠타가와상을 수상했다는 뉴스가 나왔다. 나는 당장 출판사에 검토서를 보냈고, 출판사는 덥석 물어줬다. 그런데 그동안 저작권보호법이 생겨서 이제 판권 계약을 해야 책을 낼 수 있었다. 출판사의 요청으로 일본 출판사에 편지도 써서 보내고, 담당자에게 전화까지 해서 판권 계약을 허락해달라고 부탁했다.

결과적으로 책이 나왔고, 유미리가 방한했다. 아니, 유미리의 방한 시기에 맞춰 부랴부랴 번역을 하고 책을 만들었다. 내가 가지고 있는 책을 보니 1쇄 4월 10일, 3쇄 4월 20일로 되어 있다. 열흘 사이 3쇄를 찍다니! 드디어 내 번역 인생에 서광이 깃들기 시작한 것이다. 담당 편집자는 적은 계약금으로 판권을 따내서 베스트셀러를 만들었다고 신문에 기사로도 몇 번 소개됐다. 번역료조차 150만 원밖에 되지 않았으니 많이 남는 장사였을 것 같다.

역시 역자는 번역한 작품이 떠야 덩달아 뜰 수 있다. 제아무리 번역을 잘해도 그 책이 서점에 깔리자마자 사라진다면, 이름을 알릴 기회조차 없다. 사람들은 역자의 이름을 잘 기억하지 않는다. 그러나 잘나간 책 제목을 대며 "그 책을 번역한 사람입니다"라고 하면 바로 "아하!" 하는 반응이 온다.

『창이 있는 서점에서』는 당시에는 베스트셀러였지만, 사람들의 기억에 오래 남는 책은 되지 못했다. 그러나 이 책을 계기로 번역 인생이 슬슬 풀리기 시작한 것은 분명하다. 그 뒤론 모르는 출판사에서 의뢰가 들어오기도 했다.

기획을 해서 제대로 주목을 받았던 책은 이보다 4개월 뒤에 나온 무라카미 류의 소설이었다. 제목도 독특한 『고흐가 왜 귀를 잘랐는지 아는가』(원제는 『엑스터시』). 참 여러모로 은혜로운 책이다. 처음으로 출판사에서 제공해주는 출장비로 일본에 가서 책을 사왔는데, 그중 한 권이었다. 그때 나는 무라카미 류의 책을 잔뜩 사왔다. 한국에 나와 있는 무라카미 류의 작품이 『교코』와 『한없이 투명에 가까운 블루』 정도였을 때니 판권이 살아 있는 책들이 얼마나 많았겠는가. 그러나 사온 책들 중에 출장비를 준 출판사에서 관심을 보인 책은 『고흐가 왜 귀를 잘랐는지 아는가』뿐이었다. 애초에 이 출판사에서 주문한 책은 이 사람 책이 아니라 아주 말초적이고 대중적인 책이었기 때문에 무라카미 류에게는 별로 흥미를 갖지 않았다.

어쨌든 『고흐가 왜 귀를 잘랐는지 아는가』를 계약하기로 하고, 일본 출판사에 판권을 문의했더니 한국에서 무라카미 류를 전담하고 있는 에이전시를 알려줬다. 바로 북포스트 에이전시다. 북포스트 에이전시를 알게 된 건 정말 큰 행운이었다. 박준영 실장님은 역자를 추천해달라는 출판사가 있으면 종종 나를 소개해줬다. 덕분에 좋은 작품들을 많이 번역하며 차츰 안정된 번역생활로 접어들게 됐다.

『고흐가 왜 귀를 잘랐는지 아는가』가 나오며 무라카미 류의 인기에 서서히 물이 올랐다. 잇따라『오디션』도 나왔다. 그러나 같이 구입해온 그의 다른 책들은 빛을 보지 못했다. 검토서를 돌려봤지만 SM과 마약, 섹스를 주로 다루는 그의 소설은 잘 먹히지 않았다. 그런데 이듬해부터 무라카미 류가 엄청나게 인기를 끌며 그가 쓴 소설이란 소설은 모두 출간되더라. 나, 번역계의 이상 맞나 보다.

번역가가 되고 싶다고요?

제대를 앞둔 말년 병장님에게서 진로 상담 메일이 왔다. 전혀 다른 분야를 전공했지만 제대하면 대학원에 가서 일본어를 공부해 번역을 하고 싶다는 내용이었다. 친절하게 답장을 보냈다.

"다른 일을 해보시는 건 어떨까요?"

미안하지만 나는 "번역을 하고 싶은데요" 하고 메일 보내는 분들 열이면 아홉에게 부정적인 답장을 하는 편이다. 긍정적인 답을 쓰는 경우는 아직 꿈 많은 청소년에 한정. 청소년은 꿈을 많이 꿀수록 좋다. 그 시절에 꿈을 가진다는 것 자체만 해도 칭찬할 일이다. 그런 청소년들에게는 "열심히 공부하면 꼭 될 수 있을 거예요. 부디 많이 읽고 많이 쓰세요"라는 격려를 해준다. 누군가에게 이런 얘길 했더니 너무 무책임하지 않느냐고 나를 나무랐다. "당신 자식이라면 그럴 수 있어요?!" 하고. 물론이다. 딸이 한때 번역가가 되고 싶다고 했을 때, 나는 아주 좋은 꿈이라고 칭찬해줬다.

그러나 성인이 번역을 하려고 할 때 말리는 데는 이유가 있다. 남들한테 직업이 '번역가'라고 하면 말하는 사람도 어깨에 힘이 들어가고, 듣기에도 뭔가 있어 보이고 그럴듯하다. 하지만 다른 것은 몰라도 경제적 면에서만큼은 그리 매력적이지 않다. 그래서 나는 사회생활을 시작하는 사람들이 번역가가 되고 싶다고 하면 그냥 취직을 하라고 권한다. 최소한 대졸인 사람들이 연수입 1000만 원으로 만족할 수 있겠는가? 1000만 원도 못 벌 수 있고, 실력이 뛰어난 사람 몇몇 빼고는 몇 해 동안 연수입 2000만 원 이하를 맴돌지도 모른다. 나는 요즘도 가끔 대기업 사원 연봉을 들을 때면, 이 바닥에서 이십 년이 다 되어가는 나와 별 차이가 나지 않는 액수에 허탈한 웃음이 나온다. 심지어 나는 퇴근도 휴일도 휴가도 없이 일하는데 말이다. 이러니, 사랑하는 이 땅의 젊은이들에게 어떻게 "웰컴 투 번역월드!"를 외칠 수 있겠는가.

더욱이 가계를 책임져야 하는 사람이라면 번역은 절대로 말리고 싶다. 취직을 해서 돈을 많이 모아 몇 해쯤 용

돈벌이만 해도 될 정도의 경제 상황이 되면 그때쯤 사회생활 경험도 쌓았겠다, 지식도 쌓였겠다(번역에 대한 꿈을 버리지 않고 공부를 계속했다면), 즐기는 마음으로 정년퇴직 없는 번역 월드에 입문하기를 권한다.

서두의 말년 병장님도 그랬지만, 번역을 하고 싶다고 문의하는 친구들의 메일을 보면 번역에 대한 생각이 너무 안이하고 단순하다. 영어책만 해석할 수 있으면 누구나 번역을 할 수 있는 줄 안다. 번역하려고 마음만 먹으면 일거리가 뷔페식으로 차려져 있는 줄 안다. 매달 한 권은 뚝딱 번역할 수 있을 줄 알고, 적어도 월수입 300~400만 원은 되는 줄 안다. 설상가상, 번역은 시간 날 때 틈틈이 하면 되니까 다른 일을 하면서 부업으로 할 수 있다고 생각한다.

영어 해석 잘해도 국어 실력 없으면 번역은 꽝이다. 번역을 하고 싶어도 일거리 별로 없다. 잘하는 사람에게 맡기려고 하기 때문에 신참에게까지 돌아갈 일거리가 많지 않다. 있어도 번역료가 아주 낮아 생활이 힘들다. 매달 한 권씩 뚝딱 번역하려면 꽤 긴 수련을 해야 하고, 그나마라도 일이 열두 달 내내 있다면야 좋겠지만, 뛰어난 실력자가 아니라면 번역 시작하고 나서 십 년이 지나도 그러기 힘들지 모른다.

부업으로 하는 번역이라……. 번역하는 사람들은 시간

을 참 아까워한다. 밥 먹는 시간, 잠자는 시간, 친구 만나는 시간, 취미 활동 하는 시간. 남들처럼 시간 쓰면서 일하면 마감 못 맞춘다. 마감 무시하고 탱자탱자 놀면서 일하면 먹고살기가 힘들다. 번역가 중에는 은둔형외톨이 성향인 사람이 많다. 그렇게 되고 싶어서 되는 게 아니라, 그렇게 될 수밖에 없는 현실이다. 한 달 동안 열심히 일해야 일상생활을 유지할 비용을 벌 수 있다. 부양가족이 하나둘 늘어날수록 노동 강도는 더해질 것이다.

이런 현실도 모르고(모르는 게 당연하지만) '그 별것 아닌 번역 나도 좀 합시다' 하는 식의 메일을 받을 때면 번역이 그렇게 만만한 일이 아니라고 모진 소리 해주고 싶지만, 요즘 세상 무섭다. 괜히 부정적인 답장을 했다가 인터넷 어디선가 권 아무개라는 역자를 욕하는 글이 올라올지 모른다. "자기는 뭐 얼마나 잘한다고 훈계질이야! 그렇게 돈 못 버는 일을 자기는 왜 해!" 이러면서. 그렇다. 나도 네티즌의 악플과 서평 무서워하는 소심한 인간이다.

종종 이런 메일을 보내는 사람도 있다.

"당신은 어떻게 번역을 시작하게 됐는지 그 과정과, 출판사와 번역회사의 번역료 차이와, 어떤 식으로 작업을 수주하는지 그 방법에 대해 납득할 수 있게 자세히 설명해주세요."

속으로는 내가 왜 맥을 납득시켜야 하며, 어째서 내 과거를 설명해줘야 하느냐고 주먹을 불끈 쥔다. 하지만 현실은 "어쩌다 보니 번역을 하게 됐네요. 번역료 문제는 영업 비밀입니다. 이해해주세요, 아하하" 하고 무난한 답장을 보낸다. 다른 일을 권한 나의 답장에 말년 병장님은 하지 말라고 하니 더 하고 싶다며 다시 메일을 보내왔다. 나는 이번에는 이모티콘 찬란한 답장을 보냈다.

"그만한 열정이 있으면 무슨 일인들 못 하겠어요. 열심히 하셔서 꼭 원하는 꿈 이루시기 바랍니다. ^^"

참으로 1970년대 새마을운동스러운 멘트이긴 하지만, 원하는 대답이 그것이라면 그 말 한마디 못 해주리.

번역가 지망생들을 위한 FAQ

번역가가 되려면 전공은?

상관없다. '해당 관련 학과 출신만 번역할 수 있음', 이런 자격 제한은 없다. 물론 전공만 제한이 없는 것이 아니라 성별, 나이조차 불문이다. 생물학과나 수학과를 나오고서도 일본소설 번역하는 후배들이 있으니, 외국어와 전혀 관련 없는 학과를 나왔다고 해서 좌절할 건 없다. 그저 외국어와 국어만 잘하면 장땡이다. 그래도 번역가를 꿈꾸는 '청소년'이라면 관련 외국어를 전공하는 게 좀 더 도움이 되지 않을까 싶다.

외국어만 잘하면 번역할 수 있나?

기본적인 문장 실력 없이는 토익, 토플, JPT, JLPT의 높은 점수, 학원에서 딴 자격증 들이밀어봐야 소용없다. 어학 능력은 있는데 문장은 번역기로 돌린 것 같은 사람들이 얼마나 많은지 모른다. 자신은 원문을 이해했지만 남에게 전달할 실력이 안 되는 것이다. 그러면서도 스스로 번역을 참 잘한다고 착각하는 사람이 많다.

그러니 진입 장벽이 낮다고 무작정 발을 들이밀 게 아니라, 자신의 성향과 능력을 먼저 파악했으면 한다. 자신이 책 읽기를 좋아하는지, 글을 잘 쓰는지, 한자리에 꼼짝 않고 앉아서 줄기차게 일을 할 수 있는지, 하루 종일 사람 구경 한번 못하고 수다 한번 안 떨어도 입안에 가시가 돋지 않는지, 일주일 내내 바깥에 안 나가도 좀이 쑤시지 않는지, 편집자나 출판 관계자들과 원만하게 지낼 수 있는 사교성은 있는지, 나만의 벽을 높이 쌓아놓고 타인의 침입을 거부하고 있진 않은지 돌아볼 필요가 있다.

유학을 가야 하나?

가면 좋지 않겠는가? 당연히. 그 나라의 문화도 익히고 말도 더 많이 배워 오면 번역하는 데 큰 도움이 되리란 건 누구나 아는 일. 그러나 "꼭 유학을 가야 하나요?"라고 다시 묻는다면, "아니요!"라고 하겠다. 환율 높은 시대에 괜히 유학 다녀와서 번역가가 되겠다고 부모님을 조르는 일은 없길 바란다. 현재 활동하는 번역가 중 유학파가 얼마나 되는지 알진 못하지만, 내 주위에는 유학을 다녀오지 않고도 왕성하게 활동하는 분들이 더 많다. 그 나라의 드라마나 영화를 많이 보다 보면 문화는 간접적으로나마 충분히 경험할 수 있고, 젊은 세대의 은어나 속어 같은 것도 접할 수 있다. 정말 학문에 뜻이 있어서 간다면 추천하겠지만, 그냥 한국에선 취직도 안 되고 이도 저도 되는 게 없으니 유학 갔다 와서 만만한 번역이나 해볼까, 생각한다면 말리고 싶다. 집에 돈이 너무 많아서 주체할 수 없다면 추천.

자격증이 필요한가?

번역사 자격증이란 게 있다고 하는데 어떻게 생겼는지 보진 못했다. 아마 잘나가는 현역 번역가 중 그런 자격증 있는 사람은 거의 없을 거다. 그러면 우린 무자격 번역가 인 걸까? 그렇지 않다. 번역사 자격증은 국가 공인 자격증 이 아니기 때문에 아무 소용이 없다. 간혹 번역회사에서 자격증 몇 급부터 일을 주니까 몇 급까지 따라고 한다는 데, 아마 모르긴 해도 그 번역회사에서 번역 강좌를 열고 있을 것이다. 인터넷에서 번역사 자격증에 대해 검색해보 면 재미있는 사실을 발견할 수 있다. 번역사 자격증이 필 요하다고 추천하는 글은 90퍼센트 이상이 번역회사(학원) 와 관련된 사람의 글이고, 필요 없다고 하는 쪽은 주로 현 역 번역가의 글이다. 기술 번역 쪽은 내가 잘 모르는 분야 여서 뭐라고 말할 수 없지만, 분명한 것은 번역 맡기면서 자격증 요구하는 출판사는 없다는 것. 적어도 출판 번역에 선 자격증이 전혀 필요 없다.

번역학원이 있던데, 어떤 곳인지?

"나이, 성별 관계없이 누구나 할 수 있는 평생 직업(우리 학원만 다니면), 투잡도 문제없다, 재택근무로 고소득을 올릴 수 있다(우리 학원만 나오면). 조금만 공부하면 당신도 번역가가 될 수 있다."

번역학원의 이런 광고에 솔깃해서 가는 사람들이 있는 모양이다. 번역가가 되기 위해서 번역학원을 다니는 방법은 나쁘지 않다고 생각한다. 꿈을 실현해가는 방법 중 하나일 수 있다. 단, 정말 번역을 제대로 알고 가르치는 학원이라면 번역은 아무나 할 수 있다는 식의 광고 좀 자제했으면 좋겠다. 어느 일본 번역가가 쓴 글에 이런 말이 있더라. "번역을 배우려면 일류에게 배워라. 삼류에게 배우면 당신은 사류 번역가밖에 되지 못한다."

어느 분야든 마찬가지겠지만, 좋은 선생에게 제대로 배워야 제대로 기초를 닦을 수 있을 것이다. 기왕 가는 번역학원이라면 어떤 강사가 가르치는지, 주위의 평가도 조사해보고 선택하길 바란다. 아, 번역가를 우습게 보고 '개나소나' 도전한다고 기분 나빠서 하는 얘기가 아니다, 절대로. 광고 문구에 현혹되어 자기 길도 아닌데 가려는 젊은 친구들이 안타까워서 하는 말이다.

무슨 책을 읽는 게 좋을까?

아무 책이나 읽으면 된다. 만화든 뭐든. 혹시 만화를 번역하게 될 일도 있을지 모르니까. 다만 오탈자가 범람하는 하이틴로맨스나 무협소설은 참는 게 좋을 듯하다. 아무 장르의 책이나 읽되 좋은 책, 잘 만든 책을 읽어라. 소설가 지망생이 창작 공부할 때 소설을 베껴 쓴다는 이야기를 들어봤을 것이다. 나는 대학 다닐 때 주로 김승옥 선생님 소설을 베껴 썼는데, 참 좋은 글공부가 됐다. 번역가 지망생들에게도 꼭 베껴 쓰길 권하고 싶은 책이 있다. 이건 내 의견만이 아니라 연 1억 원이 넘는 수입을 올리는 한 선배 번역가의 조언이기도 하니 새겨들어도 좋다.

사실 촬촬 읽기만 해도 큰 도움이 되는 책인데, 바로 중학교와 고등학교 국어 교과서다. 중고등학교 국어 교과서는 바른 문장, 바른 문법, 바른 띄어쓰기의 표본이다. 그러니 번역 필독서라 생각하고 꼭 섭렵하기 바란다. 나도 종종 딸의 국어책을 읽는데, 다양한 장르의 글이 실려 있어 재미있기까지 하다.

번역 공부를 하려면 어떻게 해야 하나?

번역에 뜻을 품었을 정도면 해당 외국어는 어느 정도 잘할 테고(아니라면 일단 외국어부터 공부하시고), 그다음은 이런 방법으로 번역 공부를 해보자.

　1 앞서 말했듯, 중고등학교 국어 교과서를 베껴 쓰거나 읽어보자.

　2 자기가 번역하고 싶은 분야의 책을 많이 읽자. 나는 소설을 전문적으로 번역하고 있다. 그래서 국내 소설을 즐겨 읽는다. 과학이든 인문학이든 당신이 번역하고 싶은 분야의 전문 서적과 가까이 지내라. 그래도 번역의 기본은 문장력과 어휘력이니, 어느 분야의 번역이든 국내 소설을 많이 읽어두면 도움이 될지도 모른다. 부디 '양질'의 책을 많이 읽기 바란다.

　3 글을 많이 써보자. 글은 쓸수록 는다. 고기도 먹던 놈이 잘 먹는다고 하는데, 글도 쓰던 놈이 잘 쓴다. 지금까지는 글 쓸 기회가 별로 없었더라도 이제부터 매일 써보자. 블로그든 SNS든 쉽게 글 쓸 공간 많지 않은가. 어디 신춘문예 응모할 것도 아닌데 어깨 힘 팍 주고 각 잡고 쓸 필요 없다. 그냥 그날 하루 기뻤던 일, 열받았던 일, 그때그때의 느낌, 책 읽은 소감 등 자질구레한 일상을 일기 쓰듯 쓰는 습관을 들여보라. '누가 와서 보면 창피하잖아요'라고 생각한다면 비공개로도 충분히 쓸 수 있으니 쓸데없는 걱정 마시고. 그리고 제발 관념어나 미사여구 남발하는 멋 부린 글은 자제하기 바란다. 글 못 쓰는 사람들이 꼭 글에 멋을

부린다.

4 쉬운 원서부터 직접 번역해보자. 처음부터 본인의 외국어 실력에 맞는 수준의 원서를 고를 필요는 없다. 일단 쉬운 원서를 멋지게 번역해서 성취감부터 맛보고, 다음 단계의 원서로 넘어가자. 자기가 번역한 내용을 다른 사람에게 보여주는 것도 좋은 방법이다. 원문을 다 아는 자신이 읽기에는 잘한 것 같지만, 그 번역문을 남들도 잘했다고 해줄까? "어색한 문장에 줄 좀 그어줘" 하고 맡겨보라. 어쩌면 전부 다 빨간 줄을 쫙쫙 그어줄지 모른다. 그래도 상처받지 말기. 그 줄이 당신의 앞날을 밝혀줄 길이 될 것이니.

5 해당 외국어의 신문이나 잡지를 구입하여 가장 흥미로운 부분을 스크랩해보자. 당연히 본인의 오리지널 번역을 곁들여서. 그럼 나날이 발전하는 번역 실력을 한눈에 볼 수 있을 것이다. 원래 자신의 번역이란 것은 어제 한 걸 오늘 봐도 거슬리게 마련이다. 스크랩할 때 처음 보는 관용어구나 단어들을 같이 정리해두면 실전에서 유용할 것이다.

6 앞의 다섯 가지를 '공부'라 생각하지 말고, 일상의 한 부분처럼 즐기면서 해보자. 솔직히 나도 책 읽기를 좋아하지만, 일이라고 생각하고 읽으면 그 좋은 책이 징글징글할

때가 있다. 앞서 얘기한 '번역 공부'도 공부라고 생각하면 아마 (작심)삼일 만에 지겨워질 것이다. 책은 지하철 오갈 때나 집에서 빈둥거릴 때 한두 페이지라도 읽으면 되고, 글쓰기는 시간 날 때 틈틈이 블로그에 끼적거리면 되고, 원서 번역은 하루에 한 줄이라도 옮기면 되고, 스크랩 번역은 날 잡아 한꺼번에 해도 되고……. 설마 이 정도의 노력도 하기 싫어하면서 번역가가 되고 싶은 건 아닐 테지요!

나이는?

앞서 말했지만, 이 일은 연령 불문이다. 예순이든 일흔이든 일을 할 수 있다. 대신 그 나이에 맞는 경력과 명성이 있어야 한다. 아무리 연령 불문이라고 해도 연세 지긋한 초보자에게 일을 맡기기는 쉽지 않다. 마흔 넘어 시작해서 성공한 분이 몇 분 있지만, 그분들은 출판업계나 잡지업계 등 비슷한 계통에 몸담아온지라 기본적으로 필력과 인맥이 있어서 가능했을 것이다. 지긋한 나이에 글과 무관한 분야에서 활동하던 분이, 앞에서 끌어주고 뒤에서 밀어주는 사람 없이 몸을 던지기에는 무리가 있다. "사오십 대도 시작할 수 있다, 월수입 400만 원 이상!" 이런 식의 출판 번역가 교육 광고가 마치 기사처럼 신문에 실린 적이 있다. 물론 '절대' 불가능하진 않을 것이다. 그러나 100명이 도전해서 두어 명이 가능할지 아닐지도 모르는 일을 누구나 하면 되는 것처럼 광고하는 건 심했다. 외국어 좀 하는 사오십 대들 가슴이 얼마나 설렜을까. 역시 가장 환상적인 것은 사회 경험이 좀 있는 삼십 대에 시작하여 육칠십 대까지 현역으로 뛰는 것.

한 달에 얼마나 버나?

어느 직업이든 한 달 수입은 천차만별일 것이다. 번역 쪽도 마찬가지다. 100만 원 안 되는 사람도 있고, 극소수지만 1000만 원 넘는 사람도 있다. 경력에 따라 받는 번역료도 다르고, 일이 얼마나 꾸준히 들어오는가에 따라서도 달라진다. 그래도 일반적으로 얼마나? 하고 궁금하다면 기본적인 계산을 해보자.

인세 수입이 많은 번역가를 제외한다면, 번역가들은 주로 매절 계약이 많고 한 달 동안 일할 수 있는 양에 한계가 있기 때문에 번역료가 동급인 경우에는 수입이 크게 차이 나지 않는다. 일이 꾸준히 들어온다는 전제하에 말이다. 더러 한 달에 원고지 2000매씩 번역하는 분들도 있지만 거의 기인 수준이고, 베테랑 번역가여도 한 달에 1000매 안팎 하는 게 보통이다. 매달 같은 양을 하는가 하면, 가끔 슬럼프에 빠지거나 집안에 일이 있어서 작업량이 적을 때도 있고, 마감이 급한 책을 맡아서 열심히 달려 평소보다 많이 할 때도 있다. 그래서 매달 수입이 일정하진 않지만, 평균을 내면 대체적으로 고른 편이다. 일단 내 경우는 2011년 기준 번역료가 원고지 장당 4000원에서 5000원. 일본어에서는 A급 번역료에 속한다. 한 달 목표 수입은 400만 원. 원고지 1000매 정도의 책 한 권을 작업하면 목표를 달성한다. 아무것도 하지 않고 일만 해야 1000매를 번역할 수 있지. 400만 원이면 여자 혼자 애 키우면서 버는 수입으로는 짭짤한 듯하지만, 한 우물을 이십 년 동안 파온 전문가의 수입이라 생각하면 아주 박하다. 물론 노동 시간을 늘리면 더 많이 벌 수 있다. 일을 하면 하는 만큼 돈이 되니까.『공부의 신』번역할 때는 한 달에 1250만 원 벌었다. 일하다 그대로 죽는 줄 알았다.

"그럼 사십 대에 월수입 400만 원 올리는 거 맞네!"라고 할지도 모르겠다. 이십 대에 시작해서 사십 대에 월수입 400 된 겁니다요, 예.

번역회사에 들어가는 게 좋을까?

번역을 시작할 때 번역회사를 통하는 경우가 많다. 번역회사는 출판사와 번역가를 이어주는 중개 역할을 하는 곳이다. 인터넷에서 검색하면 수많은 번역회사가 나오니, 손

쉽게 번역 월드에 입문이 가능하다는 이점이 있다. 그중 한 회사를 골라 이력서를 보내면 일단 번역 테스트를 한다. 그리고 테스트 결과에 따라 일을 준다. 그에 합당한 번역료를 지불한다. 이것이 일반적으로 알려진 번역회사의 거래 시스템이다. 세상이 이렇게 순리대로만 돌아가면 참 평화로운 지구 마을이 될 텐데, 현실은 그렇지 않은 곳이 많은 것 같다. 테스트를 한 뒤, 자질은 있는 것 같은데 실력이 다소 부족하니 번역회사에서 운영하는 번역 강좌를 들으라고 유도하거나(번역학원에서 번역회사를 겸하고 있거나 번역회사에서 번역 강좌를 열고 있는 곳에서), 테스트란 이름으로 무보수 번역을 계속 시킨다거나, 노동력 착취 수준의 푼돈을 번역료로 준다거나, 그나마도 떼어먹는다거나 하는 눈물 없이 들을 수 없는 피해 사례들이 어렵지 않게 귀에 들어온다.

인터넷에 '번역'이라고 치면 번역회사들이 죽 뜰 것이다. 리스트를 정리한 뒤에 이력서를 내고 싶은 곳이 있으면 먼저 꼼꼼하게 조사해보길 바란다. 이리저리 검색했는데 아무 정보도 나오지 않는다면 그건 그것대로 살짝 의심해볼 일이다. 일단 악질 번역회사들은 번역자들 사이에 소문이 짜하다. 이런 곳에 대한 정보는 번역 관련 인터넷 카페에 들어가면 많이 접할 수 있다. '이렇게 규모가 큰 곳인데 설마' 싶어도, 크고 유명한 번역회사 중에도 악덕 회사로 소문난 곳이 많다. 괜히 정보가 힘인 게 아니다. 그렇다고 무조건 번역회사에 대해 불신감을 키우란 얘기는 아니다. 재주는 번역가가 부리고, 돈은 번역회사가 버는 현실 속에서 그나마 양심적으로 챙겨주는 곳을 찾아갔으면 좋겠다는 말이다.

이미 된통 사기를 당했거나 착취를 당한 경험이 있다면 그것 역시 좋은 배움이었다고 생각하고 끙끙 속앓이하지 말기를. 프리랜서치고 돈 한번 안 떼여본 사람 있겠는가. 한두 번쯤은 이 바닥에서 액땜처럼 험한 일을 당한다. 정도의 차이는 있겠지만 말이다. 아무쪼록 하루빨리 뭔가를 이루고 싶은 욕심에 썩은 고기 덥석 무는 실수를 하지 말길 바란다. 사람이나 일이나 다 인연이 있는 법이니 차근차근 준비하며 기회를 기다리자.

일단 어떤 경로를 통해서건 번역을 시작했으면 번역료가 박하든 후하든 맡은 일에 최선을 다해야 한다. 고객 혹은 독자나 관객이 이해하고 수긍하는 번역을 해야 한다. 그래야 다음 일이 들어온다. 그래야 번역료도 올라간다. 번역회사하고 7 대 3으로 나눠 갖는 말도 안 되는 번역료 받고 열심히 일하려면 짜증 날지도 모른다. 이 번역료에 이만큼만 해도 된다고 자신도 모르게 대충 하고 있을지도 모른다. 그러면 안 된다. 그 일만 마치고 번역 아닌 다른 직업에 종사할 생각이라면 몰라도. 한 장짜리 서류를 맡든 한 권짜리 책을 맡든 끝까지 최선을 다해야 한다. 그래야 7 대 3이 6 대 4가 되고 5 대 5가 되고…… 본인이 챙길 몫이 점점 늘어날 것이다(그러나 보통은 번역회사에서 10~20퍼센트의 수수료만 떼는 게 정상이다).

책을 번역하면 영상물도 번역할 수 있는지?

출판 번역 오 년 차쯤 됐을 때(여전히 일이 별로 없던 시절), 신문에서 일본어 영상 번역가 모집 광고를 봤다. 잽싸게 전화를 했다. 명색이 출판 번역 오 년 차이니 슬쩍 낄 수 있지 않을까 싶었다. 그러나 단칼에 거절당했다. 경력이 있는 사람을 찾고 있는데, 출판 번역은 경력에 전혀 해당하지 않는다는 것이다. 이 또한 가지 않은 길에 대한 환상이겠지만 드라마나 영화, 애니메이션을 보면서 번역하는 것, 참 재미있어 보이지 않나. 번역료도 같은 A급 번역이라면 출판 번역보다 훨씬 높다. 어떻게 영상 번역을 뚫을 길은 없을까 하고 한동안 그쪽을 기웃거려봤다. 그러나 결국 포기했다. 같은 번역이지만, 전혀 길이 다른 분야라 어떤 방법으로 뚫어야 할지 도통 알 수가 없었다. 건너 건너 아는 사람이 케이블방송에서 영상 번역을 한다기에 어떻게 시작했는지 물었더니, '지인을 통해서'라고 했다. 아, 역시 출판 번역이건 영상 번역이건 입성의 지름길은 '알음알음' 뿐이던가.

하지만 영상 번역에 대해 조금 더 알고 나니 나 같은 사람은 미련을 가질 것도 없었다. 난 영상 번역가로는 완전히 자격 미달이었다. 영상 번역을 하려면 필수적으로 영화에 대한 감각이 있어야 한다. 나는 그런 감각은 약에 쓰려 해도 없다. 적어도 영화를 300~400편쯤 본 사람들이나 엄두를 내라고 한다. 그런데 나는 최근 십 년 동안 본 영화의 제목을 모두 기억할 정도로, 본 영화가 몇 편 되지 않는다. 무엇보다 비디오 번역은 32자, 영화 번역은 21자 안에서 압축 번역을 해야 한다. 어쩌면 출판 번역보다 더 뛰어난 외국어와 국어 실력을 필요로 할지도 모른다. 영상 번역 발전에 저해되지 않게 일찌감치 포기하길 잘한 것 같다. 어차피 저마다 지닌 소질과 능력은 다르니까. 번역에 뜻을 품고 있다면, 영상과 출판 중 어느 쪽이 더 본인의 취향에 맞을지 진지하게 생각해보는 것도 좋을 듯하다.

2

올빼미 번역가의
고군분투

꼬꼬마 매니저

아이를 임신한 동안 매일 미타카 시립도서관에 다니면서 책을 읽었다. 태교를 위해서가 아니라, 임신하기 전부터의 일상을 계속했을 뿐이다. 임신 후반부에 들어선 뒤에야 태교를 목적으로 동화책을 빌려 와서 배 속의 아이에게 읽어줬다. 드디어 아이가 태어났다. 조계종 총무를 지낸 고산 큰스님께서 '정하靜河'라는 이름을 지어주셨다.

정하는 아기 때부터 남다른 면모가 있었다. 뭣보다 책을 아주 좋아했다. 물려받은 유아용 한글 그림책 한 질과 일본 그림책들이 침대 머리맡에 죽 있었는데, 생후 8개월쯤 지나면서는 일어나면 엄마를 깨우지 않고 혼자 그림책을 넘기며 놀고 있었다. 거짓말 같지만 사실이다. 스누피 가족이나 동화 주인공들의 이름을 말하면 그림을 손가락으로 하나하나 가리키는 개인기는 예사였다. 세상엔 난다 긴다 하는 천재들의 전설도 많은데 겨우 그 정도 가지고 뭘, 이라고 생각하겠지만 정하는 평범한 아기여서 신기했다.

한글도 히라가나도 네 살 때 깨쳤는데, 2개 국어를 자연스럽게 익히도록 하기 위해 정하 아빠는 정하가 아기일 때부터 줄기차게 일본어로만 대화를 했다. 그래서 정하도 나는 "엄마"라고 부르면서 아빠는 "파파"라고 부르고, 엄마한테는 한국어를, 아빠한테는 일본어를 써왔다. 놀이공원에 가서 처음 회전목마를 타는데 정하가 엉엉 울며 외치는 소리, "엄마, 정하 무서워!" "파파, 정하짱 고와이요!"

알고 보니 정하는 아빠가 한국어를 못하는 줄 알고 계속 일본어를 써왔던 거였다. 네 살 때까지 정하의 상식으로 여자는 한국어를 하고 남자는 일본어를 하는 건 줄 알았던가 보다. 다섯 살이 되어 유치원에 다니기 시작하더니 어느 날 아빠한테 한국어로 말을 했다. 아빠가 "파파와 간코쿠고 시라나이요(아빠는 한국말 몰라)"라고 하자, 정하의 대답이 재미있었다.

"거짓말하지 말아요. 한국말 아는 거 다 알아요. 남자도 다 한국말 하는 거였어요."

그 뒤로 일본어를 안 쓰더니만 그때까지 기껏 익힌 일본어, 몇 달 안 가서 다 잊어버렸다.

어느 집 아이들이나 어릴 때는 전화가 오면 다 자기가 받으려고 한다. 정하라고 예외는 아니었다. 집에서 종일 둘만 있으니 더더욱 사람이 그리웠던 정하는 전화만 오면 쏜살같이 달려가서 "네, 정하네 집입니다" 하고 받았다. 출판사에서 오는 전화가 대부분이었다. 편집자들한테도 정하는 귀엽게 말하는 아이로 유명해서, 바꿔주지도 않고 자기들끼리 한참 대화를 나눴다. "무슨 출판사라구요? 아, 예. 이름이 이상하네요." "밥이요? 엄마가 늦잠을 자서요. 그러게 말이에요. 딸 밥도 안 주고." "엄마는 주무시니까 저한테 얘기하세요. 우리 엄마는 잠꾸러기거든요."

엄마 못지않은 수다였다. 네다섯 살 때는 그렇게 전화 교환원으로 편집자들 사이에서 인기를 누렸다. 그 나이대 아이답지 않게 말을 잘했던 건 사실이다. 그렇게 자주 전화를 받다 보니 출판사 이름도 다 외우고, 내가 일을 하고 있으면 옆에 와서 어느 출판사의 무슨 책인가 묻곤 하더니 어느새 꼬꼬마 매니저로 자리를 잡았다.

"엄마, 이 책은 어느 출판사야?"

"○○ 출판사."

"아, △△ 이모 있는 출판사구나." (어느새 편집자와 통성명까지 했니.)

"엄마, 이 책은 (번역료가) 얼마야?"

"응, 만 원."

"너무 싸잖아. 천삼만 원 달라고 그래."

이런 식이었다.

꼬꼬마 매니저는 당연히 출판사도 따라다녔다. 물론 가기 전에 출판사에 양해는 구한다. 아이를 봐줄 사람이 없어서 그런데 데려가도 되겠느냐고. 야박하게 데리고 오지 말라는 출판사는 없다. 전화로 자주 목소리 듣던 아이여서 대환영을 하는 곳도 있고, 정하를 꼭 데려오라고 신신당부하는 편집자도 있었다. 다행히 정하는 나이는 어리지만 지각이 있는 아이여서 출판사에 가면 상담이 다 끝날 동안 찍소리도 안 하고 옆에 가만히 있었다. 네 살 때 한창 이정하 시인의 시집이 인기를 끌던 시절, 자음과모음 출판사에 놀러 갔다가 책장에 죽 꽂힌 이정하 시인의 시집을 보고 "엄마, 이정하야, 이정하. 내 이름이 왜 여기 있지?" 하고 신기해서 폴짝거리던 일 말고는.

그러나 출판사 나들이도 초등학교 들어가면서 끝났다. 정하가 학교 간 사이에 출판사를 다녀오면 됐기 때문이다. 그렇다고 매니저 일을 소홀히 하는 것은 아니었다. 오히려 이제 좀 컸다고 더 구체적으로 개입했다. 이를테면 마감은 언제까지냐는 둥, 번역료는 장당 얼마냐는 둥, 번역료가 싸니까 다음부터는 그 출판사랑 일을 하지 말라는 둥……. 한번은 시공사에서 전화가 오니까 이런 아부성 발언까지 서슴지 않았다.

"어머, 시공사예요? 영광이에요. 저 시공주니어 책 무지하게 좋아해요. 예. 로알드 달을 좋아하거든요. 예, 다 읽었어요. 시공주니어 책은 전부 재미있어요."

시공주니어 독자인 것도 맞고, 로알드 달 열혈 팬인 것도 맞다. 그렇다고 어린 것이 바쁜 편집자랑 사적인 대화를 나눌 것까지야. 덕분에 계약서 쓰러 갔더니 편집자가 정하 갖다주라고 책을 잔뜩 챙겨줬다.

그러다가 내가 휴대전화를 갖게 되면서 그리로 전화가 오니 편집자와의 전화놀이도 끊겼다. 그리고 초등학생쯤 되면 전화 같은 데 별로 흥미도 갖지 않는다.

대신 매니저는 휴대전화 통화 내역을 조사했다. 한번은 뜨인돌 출판사와 통화한 흔적을 보더니 "우와, 뜨인돌? 짱이다! 노빈손 시리즈 좀 얻어다 줘!" 하면서 엄청 좋아했다. 엄마한테 책 앵벌이 시키는 딸이라니.

정하는 번역가의 딸답게 오탈자에 민감하다. 여섯 살 때부터 책을 읽다가 오타가 나오면 불량식품 신고하듯이 "엄마, 오타, 오타" 하고 일하는 내게로 쫓아왔다. 아이 뭐, 난 남의 책 오타는 관심 없다고요. 애들 보는 책에 의외로 오타가 많다는 걸 그때 처음 알긴 했지만. 정하는 오타를 발견하면 고사리 같은 손으로 빨간 펜을 들고 고쳤다.

그리고 책을 읽을 때마다 역자 이름을 꼭 확인한다. 읽고 나서는 번역에 대해 품평까지 한다. 어색하다, 거칠다, 잘 안 읽힌다, 매끄럽다, 우리나라 책처럼 부드럽게 읽힌다 등등. 그래서 책을 좋아하는 정하에게 한 권씩 보내던 동료 번역가들이 정하가 번역 품평한다는 사실을 알고 난 뒤로 안 보낸다. 무섭다고.

엄마의 번역은? 당연히 좋아한다. 가끔 "엄마 번역은 번역 소설 같지가 않아"라는 찬양도 해준다. 누가 들으면 코웃음 칠 만큼 사심 가득한 평가다. 정하가 초등학생일 때는 내가 아동물 작업을 별로 하지 않아서 읽을거리가 많지 않았지만, 그래도 소화할 수 있는 한도 내에서 내 작품을 많이 읽은 편이다. 사춘기에 접어들어 이것저것 엄마한테 불만도 생기고 하면서도, 꾸준히 찬양하는 것은 엄마의 번역과 글이다. 신문, 잡지나 블로그 등에 있는 내 글을 가장 좋아해주는 독자가 아마 정하일 것이다. 예전이나 지금이나 청탁받은 원고를 써서 검사받느라 보여주면 칭찬부터 해준다. 아마도 집에서 머리 묶어 올리고 구질구질하게 있는 엄마가 번역가로 변신하는 순간이 신기해서 그런 것 같다.

초등학교 5학년이 되더니, 밤을 새우는 엄마의 작업 스타일을 이해하고 이제 혼자 일어나서 학교에 가겠다고 했다. 사실 그전까지는 새벽 4~5시에 자고 7시에 일어나 아이 깨워서 밥 챙겨주는 게 고역이었다. 안 먹겠다는 걸 억지로 한 숟가락 먹여서 보내고 난 뒤 다시 한숨 자곤 했는데, 그렇게 혼자 알아서 학교에 가주니 몸이 훨씬 편해졌다. 아침에 일어나야 한다는 부담감 없이, 일을 할 수 있을 만큼 하다 자니 마음도 편하고 능률도 오르고 일석이조였다. 물론 아침은 아이가 먹기 편하도록 미리 준비해놓는다.

사실은 그렇게 된 계기가 있다.『마호로 역 다다 심부름집』을 작업할 때였다. 아직 역자 최종 교정을 보고 있는데 인터넷서점에서는 예약판매를 하고 있었다. 정말 초를 다투는 작업이었다. 사흘 밤낮을 거의 새우다시피 하며 달렸더니 옆에서 보던 정하가 딱했던지, "엄마, 내일은 혼자 일어나서 학교 갈게. 그냥 자"이랬던 게 지금까지 계속되고 있다. 그래서 우리 집에서는 아침에 "일어나! 빨리! 지각한다!"하는 귀청 따가운 목소리를 들을 수 없다. 요즘은 "편의점에서 사 먹고 갈게. 피곤하면 아침 준비하지 마"하는 배려까지 해줘서 황송하다.

정하는 벌써 열일곱 살. 예전에 언제 그렇게 책을 좋아했느냐는 듯 책 읽기 싫어하는 고등학생이 됐다. 손바닥만 한 종이만 있어도 쉬지 않고 뭔가를 쓰던 꼬마가 이제 글쓰기 따위 안중에도 없는 청소년이 됐다. 아, 이런 반전이 기다릴 줄은 몰랐다. 엄마가 어느 출판사와 무슨 일을 하는지 알려고 하지도 않는다. 섭섭할 정도로 관심이 없다 (본인은 엄마가 일할 때 말 시키면 짜증 내기 때문에 묻지 않는 거라고 하지만). 그래도 그 총명함은 여전하여 공부도 잘하고, 일하는 엄마를 어릴 때보다 더 배려해주는 착한 딸이다.

역자 후기를 위한 변명

한 해 한 해 가면서 작업한 책들도 조금씩 늘어났다. 그러다 기획한 책 가운데 무라카미 류의 『고흐가 왜 귀를 잘랐는지 아는가』와 『오디션』이 독자들에게 알려지고, 영화가 국내 개봉돼서 대박이 난 『러브레터』 덕분에 비로소 번역하는 이로서 약간의 입지를 구축하게 됐다. 물론 무라카미 하루키의 『빵가게 재습격』 『무라카미 라디오』 같은 작품들도 그 무렵 나와서 지금까지 스테디셀러가 돼주고 있지만, 『러브레터』는 순전히 영화 덕분에 대표작이 됐다. 당시 유치원에 다니던 정하는 '엄마 소개' 글을 이렇게 썼다.

"우리 엄마는 『러브레터』를 번역한 유명한 사람입니다."

어린애한테 "『러브레터』는 유명하지만, 감독 이와이 슌지도 배우 나카야마 미호도 유명하지만, 엄마는 개뿔 유명하지 않단다"라고 굳이 현실을 일깨워주지 않았다. 그랬더니 아직도 제 엄마가 유명한 줄 안다. 큰일이다.

내가 번역한 책 역자 후기에는 마지막 줄에 꼭 정하 이름이 있다. 다른 책에서 그 이유를 언급한 적 있지만, 못 보신 분들을 위해 잠깐 설명하자면 이렇다. 정하가 네 살 땐가, 겨우 한글을 깨친 정하에게 마침 출판사에서 받은 새 책을 보여주며 자랑했다. "정하야, 여기 봐, 엄마 이름 있지? 이거 엄마가 일한 책이야." 어린 마음에 책에 엄마 이름이 있는 걸 보면 얼마나 신기할까 싶어 보여준 거였다. 그런데 신기해하기는커녕 와앙 하고 울음을 터뜨렸다.

"엄마 이름만 있고 정하 이름은 없잖아, 앙앙."

전혀 생각지도 못한 반응에 당황한 나머지 정하를 달래며 이런 무모한 약속을 했다. "아, 엄마가 깜빡하고 우리 정하 이름을 안 썼구나. 다음부터 꼭 쓸게. 자, 새끼손가락 걸고 도장 찍기!" 그 후로 지금까지 정하는 새 책이 나오면 제일 먼저 역자 후기를 검사한다.

요전에 어떤 선생님이 "이제 역자 후기에 정하 이름 좀 그만 써요"라고 지적을 해줬다. 물론 그런 유치한 사연도 아는 분이다. 지적을 받으니 기분이 좋을 리는 없었지만, 그 참에 그때까지 별생각 없이 써왔던 나의 역자 후기 쓰는 법을 돌아보게 됐다.

기본적으로 나는 멋 부린 글, 어려운 글, 딱딱한 글을 싫어한다. PC통신 시절부터 요즘 블로그까지 십여 년 넘게 온라인에 글쓰기를 즐기고 있는데, 항상 내 모토는 '무학자無學者도 재미있게 읽을 수 있는 글쓰기'다. 부모님이 내 글을 읽으실 일은 없지만, 언제나 기준은 무학자인 그분들이다. 한글만 읽을 줄 알면 누구나 이해할 수 있는 글쓰기. 물론 내 머릿속에 주체할 수 없이 방대한 지식이 들어 있다면, 나도 모르는 사이 지식을 드러냈을지도 모른다. 그러나 불행히도 나의 뇌 속에는 딱 세상 사는 데 필요한 만큼의 지식만 저장되어 있어, 애써 노력하지 않아도 쉬운 글이 나온다. 대상을 누구로 하여 글을 쓰건.

그것은 역자 후기도 예외가 아니다. 내가 번역한 책들은 지식을 전달하는 책이 아니라 주로 재미있는 대중소설이다. 군이 어려운 말로 작가의 작품 세계를 분석하는 역자 후기를 써야 할 필요성을 느끼지 못한다. 뭐, 그렇게 쓰면 책이 좀 있어 보일지도 모르겠지만, 역자 후기가 좀 때깔 나 보일지도 모르겠지만, 두통이 생길 것 같다. 그리고 역자 후기는 역자가 독자와 소통하는 유일한 공간이다. 역자의 개인적인 이야기 한두 줄 덧붙인다고 작품에 누가 되거나 독서에 방해가 되진 않을 것 같다. 나 또한 독자의 입장에서 보자면 말이다.

구구한 변명을 정리하자면, 역자 후기에 '모범 답안'이란 없다고 생각한다. 많은 지식을 드러낸 역자 후기든, 잡지 편집 후기 같은 가벼운 역자 후기든 그 역자의 색깔이다. 내 취향의 후기가 아니라고 해서 옳지 않은 역자 후기라고 단정할 순 없지 않을까 하고 소심하게 주장하는 바이며(그렇지만 잘 쓴 후기와 못 쓴 후기는 분명히 있다), 후기 끝에 정하 이야기 한 줄 넣더라도 너그러이 이해해주시길 바란다. 역자 후기 속 정하가 커가는 걸 보면 이웃집 아이 커가는 걸 지켜보는 것처럼 흐뭇하다고 리뷰를 남겨주는 독자들도 꽤 있다.

싱글맘 되던 날

2002년, 월드컵 4강 진출의 감동과 환희가 온 나라를 붉게 물들였던 그때, 나는 구 년 동안의 결혼생활을 마무리하고 과감하게 홀로서기를 했다.

마지막 결혼생활을 한 곳은 일본 도호쿠 지방의 중심 도시인 센다이였다. 일본 영화나 드라마 혹은 소설에 자주 등장하는 도시이기도 하다. 주로 실연의 아픔을 안고 떠나는 곳으로 말이다. 풍요로운 자연과 첨단을 달리는 도시의 모습이 절묘하게 어우러져, 도시 전체가 드라마 세트장이라고 해도 과언이 아닐 만큼 멋진 곳이다. 그곳에서 정하는 '소학교' 1학년에 다녔고, 나는 아이와 센다이 이곳저곳을 돌아다니며 생활인지 여행인지 모를 삶을 누렸다.

겉으로는 그렇게 우아하고 평온해 보이는 일상이었지

만, 마음속은 늘 비 오기 3분 전의 먹구름으로 가득했다. 일 년 동안 별거를 한 뒤 정하 때문에 다시 합친 생활이었 으나, 여전히 삐걱거렸기 때문이다. 자식을 위해 유지하 는 결혼생활이란 한계가 있었다. 아는 사람 하나도 없는 센다이에서 정하와 둘이 연말을 보내고, 새해 첫날도 둘 이서 신사에 다녀왔다. 그때, 다시 합친 지 3개월밖에 지 나지 않았는데, 이제 정말 용기를 낼 때가 왔구나 하는 생 각이 들었다. 아이를 위해 산다고 하지만, 그런 생활을 계 속하는 것이 오히려 아이에게 좋지 않을 것 같았다.

일본은 이혼 수속 하나는 정말 컵라면 끓여 먹기만큼이 나 간편했다. 이혼신고서 써서 구청에 내기만 하면 끝이다. 혼인신고 할 때와 같다. 한국에도 이혼 수속을 밟기 위해 이혼신고서를 접수한 결과를 들고 영사관에 다른 서류와 함께 다시 접수하러 가야 했지만, 그 정도는 한국에서 법원 오가는 수고로움에 비하면 아무것도 아니다.

이혼신고서를 내러 가는 날에는 눈 많은 센다이에서 도 삼십 년 만이라는 폭설이 내렸다. 무릎까지 푹푹 빠지 는 눈은 태어나서 처음 봤다. 버스에서 내려서도 한참 눈 길을 걸어 헤매며 찾아간 영사관은 하필 도착하자마자 점 심시간이었다. 내가 들어서자마자, 직원들은 점심시간이 라고 영사관 문을 잠그고 나갔다. 나 같으면 그 폭설 속에 찾아온 동포 한 명쯤 처리해주고 나가겠구만. 주위에는 찻집 하나 없는데 어디 가서 한 시간을 기다리라고. 그 앞에 서서 하염없이 내리는 눈을 보며 '할 일도 없는데 눈사람이나 만들까?' 하다 관뒀다. 이혼신고 하러 와서 눈사람 만드는 건 좀 웃기잖아.

가만히 서 있기도 뭣해서, 이 끝에서 저 끝까지 발이 푹푹 빠지는 눈길을 몇 번이나 왔다 갔다 했다. 그러면서 살아온 인생을 생각하고, 지나간 결혼생활을 생각하고, 다가올 미래를 생각했다. 그래도 점심시간이 끝나려면 한참 남았다. 아, 내 인생에 이렇게 생각할 내용물이 없었나. 허탈해하며 주위를 둘러보니 슈퍼마켓과 조그만 식당이 보였다. 식욕은 없었지만(이혼신고 하는 날 식욕이 있는 게 이상하지), 얼어붙은 손발과 마음을 녹이기 위해 식당에서 점심을 시켰다.

한 시간이 그렇게 길다는 것을 그날 처음 알았다. 인생을 생각하고, 미래를 계획하고, 점심을 먹고, 슈퍼까지 한 바퀴 돌고 나니 그제야 점심시간이 끝나더라.

다시 영사관을 찾아갔다. 업무는 시작됐는데, 담당자가 점심 먹으러 나갔다가 길이 막혀서 몇십 분 늦는다고 기다리란다. 아니, 미친 거 아냐? 이 눈 오는데 근처에서 먹지 어디까지 나가가지고! 그동안의 분노와 울분과 설움이 애먼 담당자한테로 쏟아졌다. 뭐, 그래봤자 뭐라고 항의 한마디 못하는 아줌마였지만. 깨갱.

30분이 지나도 담당자가 나타나지 않자, 그제야 다른 직원이 서류를 달라고 하더니 접수해줬다. 딱 2분 걸렸다. 이 정도면 점심 먹으러 가기 전에 해주면 좋았잖아! 담당자 없어도 할 수 있는 거면 진작 해주면 좋았잖아! 당신들이 이 폭설 오는 날 이혼하는 사람 심정이 얼마나 비참한지 알기나 해? 내 머리 위로 격렬한 말풍선이 마구마구 날아다녔지만, 한마디도 하지 않았다. 입을 열 기운도 없고 기분도 아니었다.

버스를 타러 큰길까지 걸어 나오면서 몇 번이나 망설였다. 지금이라도 달려가서 '스톱!'을 외칠까. 한국에 있는 사람들은 뭐라고 할까? 돌아가서 서류 받아올까? 영사관에서 더 멀어지면 영영 돌이킬 수 없게 될까 봐, 내리는 눈보다 더 느리게 걸음을 떼면서 갈등하고 또 갈등했다. 센다이 하늘의 눈은 지치지도 않고 내렸다.

버스에서 내려 집으로 가는데 하교하던 아이들 중 한 명이 "아, 정하짱노 마마다!" 하고 반갑게 아는 척을 했다. 아이들 무리를 돌아보니 정하가 저 뒤에서 나를 발견하곤 활짝 웃으며 걸어오고 있었다. 그제야 눈물이 났다. 엄마하고 아빠하고 헤어지려고 하는데 어떻게 생각하느냐고 물었을 때, "엄마 인생이니까 엄마 마음대로 해. 난 괜찮아"라고 말해줬던 정하. 정말 괜찮았을까?

정하와 나는 집으로 돌아와 베란다에서 눈사람을 만들며 놀다가, 패밀리 레스토랑으로 저녁을 먹으러 갔다. "비싼 것 먹어도 돼. 먹고 싶은 것 맘대로 시켜"라고 했더니, 정하는 고작 비프카레를 시키면서 "엄마, 오늘 무슨 날이야?"라며 즐거워했다.

이혼하기로 하고 서울에 돌아오는 날까지 한 달이 채 걸리지 않았다. 일단 서로 이혼에 합의한 뒤에는 모든 게 속전속결이었다.

안정 궤도에 오르다

서울에 왔다. 하지만 내가 홀로서기를 하거나 말거나 사람들은 한 줄기의 관심도 보내주지 않았다. 따뜻한 위로 한마디 해주는 사람이 없었다. 부모님은 부끄러워하고, 남들은 걱정하는 척하지만 구경난 분위기였다. '내 주변에 이혼한 사람이 생기다니, 신기해라' 이런 분위기랄까. 어느 날 갑자기 한부모 가정이 된 우리 모녀에게 세상의 온정이라곤 어쩌면 그렇게 약에 쓰려고 해도 없던지.

그러나 생각해보면 당연한 일이었다. 결혼도 이혼도 내가 한 선택, 그들은 처음부터 끝까지 구경꾼이었다. 구경꾼한테 왜 불우해진 이웃에게 온정을 보내지 않느냐고 서운해하는 건 억지다. 내가 좋아서 결혼하고, 내가 싫어서 이혼해놓고 누구에게 뭘 바라는가. 처음에는 이 아무개도

서운하고 저 아무개도 서운하고, 마음속에 서운한 사람 리스트만 쌓여갔는데, 어느 순간 정신을 차렸다. 그것은 모두 내 탓이고, 나 혼자서 짊어져야 할 운명이었다.

누군가 도와주리란 기대는 애초에 포기하고, 혼자 뛰어다니며 정보를 수집하고 보험을 해약하고 돈을 융통하여 (영세민 대출을 받는 등) 10평이 채 안 되는 전세방을 마련했다. 피아노학원 위층 집이어서 날마다 고사리손들이 치는 엉터리 피아노 소리 듣는 것이 고역이긴 했으나, 반지하가 아니란 사실만으로도 감지덕지했다.

살 곳을 마련하고 보니 그다음은 먹고살 길이 막막했다. 당시 번역가로서 조금 알려진 시절이긴 했으나, 일거리는 별로 없었다. 늘 강조하는 바이지만, 세상은 넓고 권남희는 보이지 않는다. 발악하지 않으면 아무도 나의 존재를 알아주지 않는다. 하지만 현실은 밀린 번역료 달라는 전화도 못 하는 소심쟁이. 누구한테 아쉬운 소리 절대 못 하는 자존심. 그러나 이제는 달라져야 했다. 가장이 됐으니까. 초등학교 2학년이 된 딸, 학원 하나도 못 보내는 무능한 가장이 자존심 챙기며 일거리 들어오기만 기다려선 안 된다. 뭐든 배우기 좋아하는 총명한 딸이건만, 수입이 보장되지 않는 상태에서 학원을 보낸다는 건 생각할 수 없었다. 본의 아니게 사교육을 시키지 않는 의식 있는(?) 엄마가 돼버렸다.

서점에 갔다. 일본소설이나 자기계발서를 내는 출판사
들의 전화번호와 이메일주소를 다 적어 왔다. 일일이 일
을 부탁할 생각이었다. 전화를 돌리기에는 용기가 필요했
다. 전화선 너머로나마 거절당하거나 쌀쌀맞은 대우를 받
으면 여린 마음에 상처가 클 것 같았다. 그래서 전화는 어
쩌다 걸고, 주로 이메일을 보냈다. 그때는 벌써 번역 십 년
차. 제법 굵직한 번역서들이 나왔을 때여서, 일본 도서를
다루는 출판사에서는 대부분 내 이름을 알아줬다. "권남
희 선생님 같은 분이 메일을 주시다니 영광입니다"라고 전
화를 걸어준 출판사도 있었다. 그러나 결과부터 말하자면
일이 들어온 곳은 없었다. 내가 정부의 높은 사람도 아니
고, 이메일 한 통에 일이 들어올 리 없었다.

집에 있으면 초조하고 불안해서, 아이가 학교에 간 동
안 날마다 서점에 갔다. 서점에 가면 뭐라도 길이 보일 것
같았다. 하루는 표지가 예쁜 일본물 번역서가 눈에 띄었
다. 낯선 출판사였지만, 뜨고 있는 신생 출판사인지 여러
권이 나란히 진열되어 있었다. 전화번호와 이메일을 적으
려고 책을 펼쳤다. 그런데 발행인 이름이 낯익었다. 몇 년
전에 여러 권 같이 일한 적 있는 출판사의 대표님이다. 속
으로 환호를 지르며 얼른 전화번호를 적어 왔다. 그런데

세상에 이런 우연이 있을까. 집에 오자마자 전화가 왔다. 바로 그 대표님에게서!

내게 번역을 맡기려고 찾았는데 연락처 아는 데가 없어서 애먹었다고 했다. 마침 야심차게 시작한 대표님의 출판사에는 일거리가 많았다. 아, 8할이 운발인 나의 번역 인생은 이런 깨알 같은 운조차도 놓치지 않았다.

이 출판사의 책은 소설도 있었지만, 자기계발서가 많았다. 그랬다. 이때까지만 해도 나는 잡식성이었다. 의뢰가 들어오는 책은 장르를 가리지 않고 모두 맡아서 했다. 그래봐야 소설과 자기계발서, 육아서 정도였지만. 그런데 이곳에서 자기계발서를 몇 권 연달아 하다 보니, 이건 내게 맞지 않는 일이라는 생각이 들었다. 대표님도 "남희 씨는 번역을 너무 예쁘게 해서 자기계발서는 안 어울리는 것 같아"라고 했다. 이때부터 본격적으로 일본소설만 번역하게 됐다. 여기저기서 일이 꾸준히 들어왔기 때문에 가능한 일이기도 했다. 번역 십 년 차가 돼서 비로소 찬밥, 더운밥 가리기 시작하게 된 것이다. 결과적으로 그것은 올바른 선택이었다. '일본소설 번역' 하면 권남희를 떠올려주는 편집자들이 많아졌는지, 일이 술술 잘 들어왔다.

일단 소설 번역이 궤도에 오르고 나니 생활이 비교적 순조로웠다. 세상에! 내 통장에도 돈이란 게 모였다. 재테

크 같은 건 전혀 하지 않았는데, 이 년 뒤에는 전세 대출금도 갚고 더 넓은 집으로 전세를 얻어 갔다. 그리고 다시 삼 년 뒤에는 주택담보대출을 받아서 35평짜리 집을 샀다. 집값 싼 변두리 동네이긴 하지만, 그래도 나름대로 엄청난 인간 승리다. 게다가 이 집은 피아노학원 2층에 살던 시절, 정하가 이 건물 앞을 지날 때마다 "엄마, 저기 내 친구 사는데 집 대따 좋아" 하며 부러워했던 집이다. 그때만 해도 내 평생 이런 집엔 전세로도 못 들어갈 거라고 생각했는데, 주인이 돼서 살고 있다니……. 집을 산 지 사 년째인 요즘도 일하다 한 번씩 집 안을 휘이 둘러보며 '이 집이 내 집이라니' 하고 뿌듯해한다. 번역은 부업거리일 뿐 절대 번역해서 돈 못 번다고 생각했는데, 번역을 해서 집까지 사게 될 줄이야.

딸의 장래 희망

친구 같은 엄마는 없다

딸은 중학교 3학년이다. 이렇게 큰 딸이 있다는 사실에 가끔 이건 여름방학 때 늘어지게 자며 꾸고 있는 꿈이 아닌가 싶을 때가 있다. 그러나 학교에서 오자마자 다시 학원으로 향하며 힘들다고 툴툴거리는 딸의 목소리에 이내 현실이란 걸 깨닫는다.

딸을 키우면서 모토는 '친구 같은 엄마'였다. 그러나 친구 같은 엄마란 딸 같은 며느리와 비슷한 거짓말이다. 아무리 아이가 좋아하는 가수를 좋아하고, 십 대들이 쓰는 신조어를 배워도 엄마는 엄마일 뿐이다. 어째서 방학이 한 달밖에 안 되는데 파마를 하려는지, 어째서 눈에 나쁘다는 서클렌즈를 끼려는지, 어째서 쩌죽을 것 같은 날씨에 하복 안에 또 티셔츠를 겹입는지 도무지 이해할 수 없어서 "학생답게 좀!"을 입에 달고 사는 잔소리 대마왕이 됐다.

이쯤에서 딸과 나의 세대 차이를 인정하지 않을 수 없다. 내가 중학생 때는 고교야구 전성기였다. 딸이 중학생인 올해는 월드컵으로 온 나라가 들썩였다. 봉황기 결승전이 아직도 내 가슴에 남아 있듯 딸에게는 아마도 그리스전의 희열이 오래오래 가슴에 남을 것이다. 나는 조용필에 열광했고, 딸은 지드래곤에 빠져 있다. 나는 컬러텔레비전을 보고 그토록 신기해했는데, 지금은 손안에서 스마트폰을 조물거리는 세상이다.

아날로그 시대에 소녀 시절을 보낸 내가 디지털 시대에 사는 딸의 '친구 같은 엄마'가 되겠다는 건 애초에 무리였는지 모른다. "엄마가 너만 할 때는 책을 끼고 살았는데 너는 인터넷만 끼고 살지!" 참다못해 한마디 내뱉었다간 집안 분위기 싸늘해지기 일쑤다. 앞으로는 그냥 밥이나 잘 해주는 엄마가 되려고 한다.

위 글은 언젠가 〈조선일보〉 칼럼 「일사일언」에 쓴 것이다. 2008년, 중학생이 된 정하가 어느 날, 엄마처럼 일본문학 번역가가 되고 싶다고 말했다. 이건 한 서른다섯 번째

쯤 되는 장래 희망이던가. 국어 수업 시간에 장래 희망을 발표해야 해서 생각해봤는데 엄마처럼 신선놀음하듯 번역을 하며 살면 좋을 것 같다는 설명이었다. 아침 일찍 일어나지 않아도 되고, 복잡한 지하철 타고 출퇴근하지 않아도 되고, 날씨가 추우나 더우나 편안하게 집 안에서 일해도 되고…… 자기도 그런 일을 하고 싶다고 했다. 나는 어차피 바뀔 꿈인 걸 알기 때문에 "잘 생각했다. 나중에 엄마 일 좀 도와줘" 하고 건성으로 대답했다.

그런데 국어 시간에 이런 장래 희망을 발표했더니 선생님이 굉장히 부정적으로 말씀하시더란다. 선생님의 남자 동창 중에 우리나라에서 손꼽히는 일본문학 번역가가 있는데, 그 사람은 워낙 유명해서 일도 많이 들어오고 돈도 많이 벌어서 전원주택을 짓고 산다, 그런데 번역이란 게 그렇게 쉽게 일이 들어오는 것도 아니고, 자리 잡기도 힘들고, 좌우지간 "동창이 일본문학 번역가여서 잘 아는데" 절대 쉬운 일이 아니라고 말리시더란다.

아니, 이 돈 못 버는 번역 일로 그렇게 잘사는 분이 누굴까. 우리 모녀는 그 번역가가 너무 궁금했다. 그 정도로 잘나가는 분이라면 Y선생님인가? 하고 실례를 무릅쓰고 혹시 중학교 국어 선생님인 동창이 있는지 물어봤을 정도다.

2학년 때 같은 선생님이 또 국어를 가르쳤고 또 장래 희망을 발표하게 했는데, 정하는 또 일본문학 번역가라고 발표했다. 선생님은 1학년 때 했던 말씀을 잊어버렸는지 그때도 남자 동창 얘기를 꺼내며 아무나 못 하는 거라고 강조하다가, 이번에는 "네가 열심히 공부하면 내가 그 친구한테 부탁 좀 해줄 수도 있지" 하시더라고. 일 년 내내 과연 그 동창이 누구일까 궁금해했던 터라 정하는 이때다 하고 그분이 누구인지 물어봤단다. 그랬더니,

"너 일본문학 번역가에 대해서 좀 아냐?"

"네."

"혹시 부모님이……?"

"네. 엄마가 번역하세요."

"……."

"그 번역가 친구분은 성함이 어떻게 되세요?"

"몰라도 돼."

번역으로 성공하여 전원주택을 짓고 사는 일본문학 번역가는 누구인지 끝내 수수께끼로 남고 말았다.

그건 그렇고, 엄마처럼 번역가가 되고 싶다던 정하의 꿈은 삼 년 만에 바뀌었다. 중학교 3학년이 되더니 이렇게 말했다.

"엄마처럼 살면 너무 답답할 것 같아. 하루 종일 컴퓨터 앞에만 있잖아. 밖에도 한번 안 나가고, 사람들도 안 만나

고…… 무슨 재미로 살아. 나는 사람들 많이 만나는 일을
할래."

그래서 바뀐 꿈은 기자다. 번역가에서 180도 달라진 꿈
이다. 그 꿈도 좋다고 칭찬했다. 이제 그만 바뀌었으면 좋
겠다.

번역가의 하루

어느 블로그에서 이런 내용의 글을 봤다.

"나 번역가 되기로 마음먹었음! 별다방에서 노트북으로 번역하는 사람을 봤는데 완전 멋졌음. 우아하게 일한 뒤 집 가는 길에 영화 한 편 때리고! 정말 자유로운 영혼일 것 같지 않음?"

글이 귀여워서 절로 미소가 지어졌다. 어떤 전문직이든 겉으로는 다 그렇게 멋있어 보일 것이다. 나도 내가 번역하는 사람이 아니었다면, 정말 여유롭고 자유로운 꿈의 직업으로 생각했을지도 모른다. 그러나 현실은 마감한 날 아니면 영화 한 편, 드라마 한 편 볼 마음의 여유가 없다. 그러나 프리랜서에게는 그만큼 바쁜 것도 행복이니 불만은 없다.

나는 대부분 집에서 일을 하지만, 동료들 중에는 노트북 들고 카페에 가서 일을 하는 사람도 있고, 도서관에 가거나 사무실을 얻어서 혼자 혹은 여러 사람과 같이 일하는 사람도 있다. 어디서 어떻게 일을 하건 이 일은 우아하고 낭만적인 것과는 거리가 멀다. 마감에 쫓기는 어느 프리랜서가 우아하고 낭만적일 수 있을까마는.

딸이 내가 보기엔 입을 옷이 많은데도 또 새 옷을 사고 싶어 해서 "엄마는 올해 한 벌도 안 사 입었는데"라고 억울해했더니 이렇게 말했다.

"엄마는 밖에 안 나가잖아."

자주 나가지 않을 뿐 가끔씩은 출판사에 가거나 편집자를 만나러 나간다. 안 나가기 때문에 옷을 안 사는 건 아니다. 예쁜 옷을 보면 사고 싶은 건 인지상정이다. 다만 밤새워 일하며 고생해서 번 돈으로 옷이나 액세서리에 선뜻 투자하지 못할 뿐이다. 다들 그런 생각인지는 모르겠으나, 동료들의 모임에 나가 보면 그리 촌스러운 사람도 없지만 그리 잘 차려입은 사람도 없다. 아, 교수직을 겸하는 분들은 좀 다르다. 아무래도 강단에 서야 하고, 수입 면에서도 여유로우니 전업 번역가들과는 때깔이 다르다.

나는 전형적인 올빼미형 인간이다. 이를테면 종일 갤갤거리다 초저녁이 지나면서부터 눈이 초롱초롱해지고 뇌가 발랄해지며 갖가지 창의적인 사고가 만발하는 유형. 그래서 동이 터올 때 잠자리에 들고, 해가 중천에 떴을 때 일어나는 편이다. 어른들이 늙으면 잠이 없어진다던데 아직은 서너 시간의 수면에 만족할 만큼 늙진 않았나 보다. 적어도 대여섯 시간은 자야 맑은 정신으로 일을 할 수 있다. 일어나면 잠을 깰 겸 컴퓨터를 켜서 메일을 확인하고 인터넷 동네를 한 바퀴 돈다. 인터넷에 접속하는 순간부터 머릿속 한구석에선 정체 모를 누군가가 "빨리 꺼, 빨리 꺼" 잔소리를 하는 것 같아서 늘 쫓기듯 불안하다. 마음 편하게 인터넷 한번 해보는 게 소원이다.

데스크톱으로 접속한 인터넷을 끄고 나면 노트북을 켜서 작업을 시작한다(인터넷이 연결되면 아무래도 일하다 자꾸 옆길로 새게 돼서, 작업 전용 노트북은 인터넷을 차단했다). 우선 원서를 훑어보고 그날은 몇 장쯤 할지 대충 정한다. 일하는 방식은 역자마다 다른데, 일을 시작하기 전에 원서를 다 읽어보는 사람도 있고, 바로 번역을 시작하는 사람도 있다. 나는 경우에 따라 다르지만, 책이 정말 재미있어 보이거나 너무 어려워 보일 때 미리 읽는 편이다. 각각 장단점이 있다. 미리 읽고 번역하면 내용을 통째로 파악하고 있으니 번역하기 수월하나, 이미 다 알고 있는 내용이기 때문에 일하는 재미가 덜하다. 이미 본 영화 한 번 더 보는 기분이라고 생각하면 된다. 읽지 않고 번역하면, 그다음 내용이 궁금해서 흥미진진하게 번역을 할 수 있고, 속도도 빨라진다. 그렇지만 전체를 파악하고 있지 않기 때문에 간혹 실수가 나오기도 한다. 어차피 교정볼 때 체크하니까 별로 문제는 없지만 말이다. 그래도 추천한다면 한번 찬찬히 읽어보고 번역하는 쪽이 나중에 교정볼 때 시간이 덜 걸린다.

원고지 30매쯤 번역하고 나면 슬슬 지루해진다. 그럴 때 잠시 쉬면서 베란다 밖의 하늘을 보며 이런저런 잡념에 빠지기도 하고, 텔레비전을 틀기도, 블로그에 잠시 글을 끄적이기도 한다.

그러다 오후가 되어서야 늦은 아침을 먹고 또 슬슬 번역을 한다(마감이 코앞이 아닐 때는 '슬슬', 닥쳤을 때는 '눈 돌아가게'). 오후 4~5시, 한참 일발 받는다 싶을 때 정하가 학교에서 돌아온다. 손으로는 키보드를 두드리면서 입으로만 반겨준다. "어서 오세요, 우리 강아지." 정하는 늘 불만이다. 왜 다른 애들 엄마처럼 현관까지 쫓아 나와서 반겨주지 않느냐고. 엉? 현관까지 쫓아 나와서 반겨주는 건 책이나 드라마에서만 그러는 거 아닌가? 어쨌거나 열심히 일할 때는 하교하는 딸이 별로 반갑지 않다. 리듬이 끊겨버리니까.

정하가 초등학교 때는 그래도 하던 일 접어놓고 그날 있었던 이야기를 하며 놀아줬는데, 중학생이 된 뒤로는 일하면서 반겨주고, 일하면서 수다 떠는 것 들어주고, 일하면서 잔소리하고…… 딸과 일을 동격으로 생각한다고 해야 하나, 딸보다 일을 우선시 한다고 해야 하나. 좋게 말하자면 '우리 이제 각각 독립된 인격체로서 서로에게 너무 기대지 말자꾸나' 시스템이다.

저녁 식사는 일이 바쁠 때는 배달을 시키고, 그렇지 않을 때는 직접 만들어서 아이와 같이 먹는다. 소비자 고발 프로그램들을 본 뒤로는 되도록 배달 음식은 자제하고, 직접 만들어주려고 애쓰고 있다. 어쨌거나 아이도 나도 하루 중 유일하게 제대로 먹는 식사다. 음식 솜씨는? 잘합니다요. 난도가 높지 않은 한도 내에서는. 참고로 내 취미는 요리 블로그 보기, 요리 레시피 찾기, 요리책 모으기다. 정하가 초등학교 때 집에 놀러온 자기 친구들에게 이런 말을 하는 걸 들었다.

"저 요리책들 좀 봐. 우리 엄마는 요리를 읽고 보기만 하지, 만들진 않아."

사실이다. 마음이야 매일 요리를 하고 싶지만, 요리하는 시간이 아까웠다. 게다가 그때는 정말 앞뒤 안 돌아보고 일만 하던 시절이어서 더욱 그랬다. 이제는 여유와 요령이 생겨서 종종 요리를 즐기곤 한다.

저녁을 먹고 나서는 잠시 인터넷을 하거나 독서를 한다. 날씨가 좋은 날이면 애견 '나무'와 중랑천으로 산책을 나간다. 휴식이 끝나면 다시 일을 시작해서, 자기 전까지 일하다 쉬기를 반복하다 새벽에 잔다.

평화로워 보이지 않는가? 이 정도면 아주 평화롭기 그지없는 일상이다. 바쁠 때는 상상할 수도 없는 평화로움이다. 바쁨과 한가함은 한 달 동안 해야 할 일이 어느 정도인가에 달려 있다. 원고지 700매짜리 소설을 한 달 동안 하면 이보다 더 한가롭게 지낼 수 있다. 1000매 정도면 이 정도의 생활이 가능하다. 1000매가 넘어가면 좀 정신없이 지내게 된다. 내게 '일'이란 거의 '취미생활'에 가깝다. 일에 쫓기며 일의 노예처럼 사는 것처럼 보일지도 모르겠지만, 일하는 자체가 재미있고 즐겁기 때문에 다른 짓을 하고 놀다가도 바로 노트북으로 돌아가게 된다.

그렇게 좋아하는 일이어도 종종 슬럼프는 찾아온다. 사춘기 되돌이 현상인지, '이렇게 열심히 일해서 뭐 하나' 하는 회의가 들 때가 있다. 그런데 아이러니인 것이, 그러다가도 새로운 작업이 들어오면 언제 슬럼프였느냐는 듯 밤샘도 불사하는 열정이 팡팡 솟는다.

사실 나 같은 생활은 번역가의 '나쁜 예'다. 아침형 인간으로 사는 동료들을 보면 정말 부럽다. 올빼미형의 경우, 일하는 시간이 많은 것 같지만 그리 능률적이지는 않다. 반면 아침형은 짧은 시간에 집중해서 능률을 올린다. 정해놓은 시간까지 일을 하고 나면 나머지 시간에 나가서 운동도 하고, 사람들도 만나고, 서점에도 가고, 영화도 보고…… 여유로운 생활을 즐긴다. 깊은 밤에 홀로 깨어 이런저런 사색을 하며 일하는 올빼미와는 삶의 질이 다르다. 부디 후배들은 아침형 인간으로 살았으면 하지만, 아마도 이미 나처럼 '나쁜 예'로 사는 게 굳은 후배들이 더 많지 않을까?

번역사死 할 뻔!

전화를 할 때마다 엄마의 첫마디는 "밥 먹었냐?"다. 그리고 잘 지내라는 끝인사 대신 "제발 밖에 나가서 걷기라도 좀 해라" 하고 신신당부하신다. 결혼한 뒤로 꼬박 들었으니 한 십칠 년째 변함없는 대사다.

게을러서 끼니도 잘 챙겨 먹지 않고, 좀처럼 집 밖에 나가지 않는 인간임을 누구보다 잘 아시기 때문에 엄마는 자나 깨나 밥과 운동 걱정이다. 얼마 전에는 밥과 운동에서 한 단계 업그레이드 된 대화를 주고받았다.

"너도 이제 사람들 만나서 놀러도 다니고 좀 나다녀라, 제발."

"엄마, 어릴 때도 놀러 다니는 것 싫어하던 내가 늙어서 나다니고 싶겠어?"

"그래도 이제 연애도 좀 하고 그래, 일만 하지 말고. 사는 게 그게 뭐냐."

경상도 할매인지라 딸한테 '연애'라는 말 쓰기 몹시 민망하여 차마 못 하다가 용기를 내서 하는 말씀이었다. 밥도 안 챙겨 먹고, 운동도 안 하고, 게다가 사람도 만나지 않고 칩거하는 딸이 오죽 답답했으면…….

연약해 보이는 겉모습과 달리(?) 나는 일 년에 한두 번 몸살이 나거나 몇 년에 한 번쯤 심한 감기에 걸리는 게 전부일 만큼 건강한 편이다. 이십 년째 매일 컴퓨터 앞에 있는데 아직 안경을 끼지 않을 정도로 시력도 쓸 만하다. 그래도 마흔 넘어서니 건강이 걱정돼 이 년에 한 번씩 건강 검진을 받고 있다. 몸무게가 슬슬 늘고 키가 살짝 줄어드는 것 외에 별다른 탈이 없다.

……라고 나의 건강을 과신했다. 그런데 재작년엔가, 한 달 동안 원고지 2200매가 넘는 양을 번역할 일이 생겼다. 『공부의 신』이라고, 기억하는 분들 계실 테지만, 유승호가 주인공으로 나온 동명 드라마의 원작 소설이다. 주어진 작업 기간이 두 달 정도라고 들었는데, 드라마 방영일이 앞당겨지는 바람에 한 달 만에 끝내야 했다. 평소 가볍게 할 때의 석 달치 작업량이다.

그런데 멀쩡하던 몸이 하필 작업에 들어가기 전부터 안

좋았다. 외출하는 걸 싫어해 한번 나갈 때 모든 약속을 잡는데, 이 책 담당자를 만나는 날 무려 네 곳의 출판사와 미팅 약속을 한 탓이다. 장소는 모두 교보문고여서 이동할 일은 없었지만, 그래도 네 팀을 차례차례 만나 열심히 수다 떨고 집에 오니 기진맥진…… . 쌀쌀했던 날씨 때문인지 다음 날 바로 감기 몸살이 찾아왔다. 보통 감기 정도는 알약 한 알 사 먹고 마는데, 이번에는 대작에 들어가는 만큼 미리 병원에도 다녀왔건만 몸은 갈수록 더 아팠다. 기침도 심하고, 목도 아프고, 흉통에, 두통에…… 그렇게 골고루 아파보기도 난생처음이었다.

하지만 아프다고 누워 있을 수 없는 상황이었다. 드라마 방영이 코앞으로 다가와 있어서, 편집자들은 내가 넘기는 원고로 동시 편집을 하고 있고, 갑자기 대체할 역자도 없다. 이런 분량의 일을 한 달 만에 끝내는 것은 어지간한 베테랑이 아니면 못 한다. 그리고 그런 베테랑이 손 놓고 놀고 있을 리 없다.

종합병원인 몸으로 아침에 눈을 뜨면 노트북을 켜고 바로 일을 시작했다. 그러다 오후 4~5시쯤 되면 '아참, 아침 안 먹었지' 하고 물에 밥 말아서 후루룩 마시듯 끼니를 해결하고, 다시 일에 몰두. 저녁은 정하와 같이 대충 배달 음식을 시켜 먹거나 인스턴트 음식으로 때우기. 주부는 아무래도 집안일 하는 시간이 많다. 밥하고 청소하고 빨래하고 장보고……. 전업주부든, 일하는 주부든 주부가 해야 할 일은 어느 집이나 별반 다를 바 없다. 두 식구 생활에 가사 도우미를 부르기도 그렇고, 엄마에게 도움을 요청하자니 아픈 몸으로 일하는 모습 보고 안쓰러워할까 봐 부를 수 없었다. 그러니 이렇게 급할 때는 집안일 하는 시간과 먹는 시간을 최대한 줄여서 일할 시간을 벌어야 한다. 과감히 불량 주부가 되는 것이다.

이렇게 가사 시간까지 작업 시간으로 끌어당겨서 일하는 와중에도 계속 병원에 다녔지만, 좀처럼 몸이 나아지지 않았다. 기침도 갈수록 심해졌고, 목도 여전히 찢어질 듯 아팠고, 흉통도 두통도 심했는데, 희한하게도 이비인후과 의사는 이제 별 탈이 없는데 정말 아파서 오는 거냐고 물었다. 그럼 당신이 잘생겨서 왔겠어요? 하도 낫질 않아서 병원을 세 군데씩이나 옮겼으나 다들 감기약을 주는 정도였고, 감기약은 먹어도 먹어도 낫질 않았다. 오죽 아팠으면 내 손으로, 내 돈으로 처음 보약까지 사 먹었다. 그래도 몸은 여전히 아팠다.

농담이 아니라 일하다 그대로 번역사死 하는 줄 알았다. 배우나 가수들이 무대에서 죽어도 여한이 없다는 말들을 하더라만, 난 번역하다 장렬히 전사하고 싶은 생각은 추호도 없다. 어느 토요일에는 번역 원고를 보내놓고 도저히 못 살겠다 싶어서 오늘은 좀 일찍 자자, 하고 밤 12시에 쓰러지듯 누웠는데 편집자에게서 문자가 왔다. "선생님, 지금도 열심히 달리고 계시겠지요?" 순간 벌떡 일어나서 다시 일했다. 주말 밤 12시에 퇴근도 못 하고 일하는 아기 엄마 편집자를 생각하니 차마 아프다고 일찍 잘 수가 없었다. 원치 않는 번역사死 해도 어쩔 수 없지, 하면서 또 밤을 새웠다.

마감이 가까워졌을 무렵에야 드디어 나의 병명(?)을 알게 됐다. 약을 먹어도 낫지 않는 증세가 너무나 이상해서 검색을 하고 또 한 끝에 발견했다. 그건 감기가 아니라 '역류성식도염'이었다. 기침을 하고 목이 아프니 당연히 감기라고 생각했는데 이게 바로 스트레스와 불규칙한 식습관 때문에 생긴다는 그 병이었다. 병원에 갔다. 자가 진단 결과 '역류성식도염'인 것 같다, 처방전을 써달라 했더니 진찰을 해보고는 처방전을 써줬다. 달랑 알약 세 알이었는데 먹고 나서 채 하루가 되기도 전에 그동안 줄기차게 나를 괴롭히던 증세들이 사라졌다. 사흘치 약을 먹고 병원에 갔더니 의사가 "안정제하고 소화제뿐이었는데 나았어요? 역류성식도염이 맞네"라며 웃었다.

역류성식도염은 스트레스를 받지 않고 규칙적인 식사

만 하면 얼추 낫는다고 한다. 그때부터 하루 세 끼 제시간에 밥을 챙겨 먹었다. 점점 몸이 좋아지다 책을 마감하고 나니 언제 그렇게 아팠냐는 듯 말짱해졌다. 세상에, 무리한 일정 때문에 스트레스받고 시간 아끼느라 불규칙한 식사를 한 탓에 그렇게 고생을 한 것이다. 그것도 모르고 죽을병에라도 걸린 줄 알고 식겁했다.

그나마 아픈 와중에도 작업하는 게 행복했던 것은, 드라마와는 내용이 좀 다르지만 작품 자체가 참 좋아서였다. 꼴찌들이 한 해 동안 열심히 공부해서 도쿄대학교에 간다는 줄거리의 만화가 원작인데(『꼴찌, 동경대 가다!』), 흥미진진한 내용 덕분에 한 장 한 장 넘기는 재미가 있었다. 내용마저 재미없고 어려웠다면 정말 번역사死 했을지도 모른다. 또 한 가지, 그렇게 목숨 걸고 작업한 덕분에 그다음 달에 1000만 원이 넘는 번역료가 들어왔다.

혹시 부러운가? 부러워할 것 없다. 나는 이 일을 마친 뒤 좀처럼 원래의 작업 컨디션으로 돌아가지 못해 몇 달 동안 시체처럼 늘어져서 지냈다. 물론 다음에 작업할 책들이 기다리고 있어서 완전히 손 놓고 쉬지는 못했지만, 안드로메다로 여행 간 정신은 도무지 돌아올 줄을 몰랐다. 반항하는 사춘기도 아니고, 방황하는 이십 대도 아니고, 고뇌하는 삼십 대도 아니고, 나이 마흔이 넘어서 '왜

사나? 왜 이렇게 살아야 하나? 계속 이렇게 살아야 하나?' 하며 우울해했다.

앞으로도 계속 이렇게 일만 하면서 살아야 한다면, 차라리 이런 삶 살고 싶지 않다는 데까지 생각이 비약하여 진지하게 죽음에 대해 생각한 적도 있다. 과다한 작업으로 생긴 일시적 우울증이었으나, 12월에 작업을 마치고 1월에 책이 나오고, 봄이 오고 또 갈 때까지 긴 시간 동안 그 회색 그늘에서 벗어나지 못했다. 월수입 1000만 원 넘는 후유증 한번 제대로 길었다. 고액 소득자를 무작정 부러워할 게 아니었다.

돈보다 건강인 건 누구나 안다. 그런데 사람들은 돈을 벌 기회가 눈앞에 닥치면 건강보다 돈을 선택한다. 된통 아파보지 않으면 건강과 돈의 우선순위가 헷갈린다. 내가 이런 일을 했다고 말하니, 동료 번역가 선생님이 나를 나무랐다.

"번역은 장거리 경주예요. 마라톤이라고요. 그렇게 100미터 달리기하듯이 전력 질주하면 지쳐서 오래 못 해요. 한두 해 번역하다 말 거 아니잖아요?"

후배들에게도 이 말을 전해주고 싶다.

그렇게 호되게 고생한 뒤로 그동안 무심했던 건강에 급격히 관심을 갖게 됐다. 일단 하루 세끼를 잘 챙겨 먹었다.

그리고 심각한 수준의 운동 부족에서 벗어나기 위해 '나무'와 산책하는 시간을 대폭 늘리고, 거금을 투자하여 러닝머신도 샀다. 러닝머신을 샀다고 자랑했더니 사람들이 "머잖아 빨래 건조대 될걸?" 하고 비웃었다.

음, 이 년이 지난 현재 러닝머신의 상태는 빨래 건조대는 아니고 관상용 철근 구조물이랄까? '나무'와의 산책은 마지막이 언제였는지 가물가물, 하루 세끼는 꿈의 식사…… 하여튼 나의 작심 석 달은 나이를 먹어도 고쳐지지 않는다.

명함 만들기

일본에 처음 간 것은 대학교 2학년 때였다. 홈스테이 프로그램에 참가한 것으로, 도쿄와 홋카이도에서 한 달을 보냈다. 처음 가는 외국이었으니 보이는 것 들리는 것 다 신기했지만, 특히 놀랐던 게 대학생인데도 인사를 할 때면 명함을 주는 문화였다. 명함이란 것은 직장인이나 사업하는 사람들만 쓰는 건 줄 알았던 때여서 어찌나 신기했던지⋯⋯. 명함의 내용은 이름, 전화번호, 학교, 집 주소 정도였고 대부분 수작업으로 만든 어설픈 디자인이었긴 하지만, 신선한 발상으로 보였다.

그런데 나는 번역을 시작하고 십 년이 넘도록 명함이 없었다. 이름과 직업 말고는 언제든 변동 가능한 사항밖에 없었기 때문에 만들지 못했다. 명함에 필수인 전화번호와

주소 말이다. 휴대전화가 없던 시절, 거의 한두 해에 한 번 씩 이사를 하는 탓에 전화번호와 주소가 수시로 바뀌었다. 한때는 출판사에 갈 때 이름과 전화번호를 직접 쓴 명함 카드를 건네보기도 했다. 지금 생각하니 삼십 대 중후반에 그건 무슨 유치한 짓이었나 싶다. 글씨체까지 어린이 것 같아서 애들이 명함 놀이 하는 분위기였을 것 같다.

내가 명함을 만든 것은 아무리 이사를 다녀도 바꾸지 않아도 될 휴대전화 번호와 이메일주소가 생긴 뒤의 일이다. 지방에 사는 여성 팬이 예쁘게 명함 디자인을 해줬다. 스스로 '번역가'라고 지칭하기 민망해 '번역하는 사람'이라고 상호처럼 큼직하게 썼다. 단어마다 높이도 살짝 다르게 하고 '번역'의 받침은 각기 다른 색을 썼는데, 그건 내가 꿈에서 본 글씨 디자인이다. 꿈을 꾸자마자 일어나서 메모를 해뒀다가 그 친구에게 폰트는 이렇게 넣어달라고 부탁했다. 휴대전화 번호와 이메일주소밖에 없는 아주 간단한 것이지만, 명함이 생기니 어찌나 뿌듯했는지 모른다. 매번 출판사 갈 때면 명함을 받기만 하고 "아이, 전 명함이 없는데……"하며 뻘쭘해할 일이 없어진 것이다. 명함을 갖고 다니는 습관이 들지 않아 깜빡하고 집에 고이 모셔둘 때가 많았지만 말이다.

요즘은 아마 후배들도 명함을 많이 만들어 가지고 다

니리라 생각하지만, 없다면 이참에 하나 만들라고 권하고 싶다. 인터넷으로 주문할 수도 있으니 발품 팔지 않아도 되고, 생각보다 값도 저렴하다. 출판사에 기획서를 보낼 때든 편집자를 직접 만날 때든, 명함을 건네면 스쳐 지나 가는 인연이더라도 이름과 연락처는 심어놓게 되니 꽤 유익할 것이다.

편집자와의 관계

번역 일을 좋아하는 이유 중 하나는 사람 스트레스가 적다는 것이다. 일을 하는 동안 만나는 사람이라곤 대개 담당 편집자 한 사람이다. 이 '만난다'는 것도 직접 만나기보다 온라인상으로 만나는 경우가 많다. 보통 전화나 메일로 일을 의뢰하고, 우편으로 계약서를 주고받고, 이메일로 원고를 보내고, 교정지나 교정 파일을 주고받고, 통장으로 번역료가 입금된다. 그걸로 작업이 끝난다. 이런 과정이 원만하게 진행되면 불화가 생길 일도 없고, 스트레스를 받을 일도 없다.

게다가 편집자들은 대부분 예의를 갖춰 대해준다. 내가 번역을 시작한 초창기에는 아무개 씨라고 부르며 역자를 그냥 잡무하는 사람 취급했지만, 요즘은 깍듯이 '선생님'

이란 존칭을 붙여주며 어느 정도 '작가'로 대우를 해준다. 경력이 있어서 그런 게 아니라, 이제 시작하는 번역가들에게도 말이다. 삼십 대 중반까지만 해도 '선생님'이란 존칭이 너무 어색해서 그냥 이름을 불러달라고 부탁했는데, 나이를 먹다 보니 그것도 익숙해졌다. 요즘은 오히려 아주 가끔, 갓 고등학교를 나왔을 성싶은 거래처 직원이 앳된 목소리로 "권남희 씨세요?" 하고 말할 때 속으로 '헉' 하고 놀란다. 또, '작가님'이라고 부르는 편집자도 있는데 이 존칭은 정말 불편하다. "아이, 작가님이라고 부르지 말아요"라고 해도 그 귀여운 편집자는 말을 안 듣는다. 그렇다고 가르쳐준 것도 없는데 내 입으로 "선생님이라고 불러주세요" 이럴 수도 없고…….

나는 편집자의 짧은 의뢰 전화나 메일에서 나와 파장이 맞는지 안 맞는지 여부를 재빨리 간파한다. 물론 편집자와의 파장 따위가 번역에 미치는 영향은 전혀 없다. 그저 성향을 파악하여 메일을 보낼 때 '용건만 간단히'를 좋아할 타입인지, 사적인 수다를 떨며 편하게 대해도 좋을 타입인지를 가리는 것뿐이다. 되도록 살갑게 지내고 싶지만, 업무 외의 이야기는 필요 없다고 생각하는 편집자일지도 모르니까 말이다.

아무래도 파장이 잘 맞는 편집자와는 책이 나올 때까

지 친하게 지낸다. 책 나온 뒤에 만나서 술도 한잔 마신다. 그럴 때면 일이 없어도 영원히 친하게 지낼 것 같은데, 희한하게도 작업을 하지 않으면 소원해진다. 서로 새 편집자와 새 저역자에게 충실해지기 때문이다. 그럼에도 종종 연락하는 편집자들이 있긴 하다. 딱 한 권 같이 일했지만 십여 년째 연락하며 지내는 사람도 있다.

가끔 다른 동료들에게서 '무개념 편집자'와의 에피소드를 들을 때가 있다. 박장대소하면서도(에피소드는 황당할수록 재미있으니), 용케 그런 편집자를 만나지 않고 살아온 걸 감사했다. 오랜 세월 많은 편집자들과 일했지만, 편집자 때문에 기분 상한 적은 별로 없었다. 그런데 최근 몇 년 사이 내게도 불쾌한 일들이 몇 건 생겼다. 동료들이 들려주는 무개념 사례에 비하면 얘기하기도 민망할 정도로 사소한 일이지만.

역자들이 편집자와 마찰이 생기는 건 교정 문제일 때가 많다. 엉터리 번역 때문에 고생하는 편집자들도 많지만, 엉터리 교정 때문에 혈압 올라가는 역자들도 많다. 나는 항상 실력 있는 편집자들을 만난 덕분에 그런 경험이 없어서, 교정지 때문에 하소연하는 걸 들을 때면 속으로는 '번역에 문제가 있었겠지'라고 생각했다. 그런데 드디어 나도 '헉' 소리 나는 교정지를 받고 보니 정말 머리에서 김이 모락모락 나는 기분을 알 것 같았다. 다음에도 같이 작업을 하게 될지 모르니 최대한 예의 지키며 교정을 보다가, 기어이 한마디 써넣었다. "제발 교정을 보려면 번역문보다 낫게 봐주세요."

생각해보니 몇 마디 더 쓴소리를 한 것 같다. 그런데 몹시 기분 나빴을 편집자가 밝은 목소리로 전화해서는 "선생님, 여기랑 저기랑 거기랑 선생님이 지적해주신 곳 고치면 되죠? 또 고칠 것 있으면 나중에라도 말씀해주세요" 이러는 게 아닌가. 그 천진난만한 목소리를 들으니 쓴소리를 한 게 미안해졌다. 불쾌한 기억은 순식간에 미안한 기억이 됐다.

교정 문제는 아니었지만, 통화를 하다가 너무 경우가 아닌 것 같아서 화가 난 적이 한 번 있다. 몇 해 전, 만나서 내가 쓴 검토서에 관해 얘기를 하고 싶다는 편집자가 있었다. 오퍼를 넣어야 할지 말아야 할지 갈등이 생겼던 모양이다. 내가 보기에도 딱 그 선에 있는 책이었다. 그런 얘기는 전화로도 할 수 있는데 굳이 만날 것까지 있나 싶었지만, 그래도 처음 연락온 출판사니 얼굴도 익힐 겸 곧 외출하는 길 있으면 연락하겠다고 했다. 그리고 일주일쯤 뒤에 광화문 교보문고에서 미팅이 있어 연락을 했다. "교보문고에 약속이 있어서 나가는데요, 교보에서 보실래요?" 그랬더니 편집자의 대답, "교보는 일주일 전에도 다녀왔는데. 거기까지는 멀고요, 출판사로 와주세요."

일의 사안으로 보면 오라 가라 할 일은 아닌 것 같은데 말이다. 게다가 출판사는 홍대 앞. 광화문이 멀다고 할 거리가 아니다. 결국 가지 않긴 했지만, 편집자에게 그쪽에서 필요한 일 때문에 나가는 길에 만나자고 한 건데, 오라 가라 하는 건 옳지 않은 것 같다, 좀 불쾌했다고 메일을 보냈다. 그러자 답장이 오기를 왜 불쾌한지 이해가 안 가지만 불쾌했다니 사과하겠다고 했다. 내가 번역을 이십 년 가까이 했고 나이 마흔 넘은 사람이어서가 아니라, 상대가 신인 번역가라 하더라도 그것은 예의가 아니다.

고작 이 정도가 내가 기억하는 가장 기분 나빴던 사례이니, 이 번역 세계, 참 훈훈하지 않은가?

가끔 후배들이 편집자와 트러블이 생겼을 때 어떻게 하면 좋겠느냐고 물어온다. 사실 어찌 보면 두 사람 중 약자는 역자다. 일을 주는 사람은 편집자니까 칼자루는 그쪽이 쥐고 있다. 그래서 후배들은 일거리 끊어질까 봐 차마 하고 싶은 말 못 하고, 되도록 좋게 마무리하려고 참는다. 그러다 도저히 못 참을 지경이 되면 그 출판사와 일 못 할 것을 각오하고 받아친다. 그래놓고 후회하지 않는 사람 별로 못 봤다. 다들 그때 좀 참을걸, 이런다. 성질대로 하긴 했지만 속은 시원해지지 않고 거래처만 하나 끊기니 말이다.

역시 상대방에게 서운한 감정은 묻어두는 게 좋을 것 같다. 터트려서 형식상 화해를 한다 해도 다음에 다시 일하기는 불편하다. 역자들 널렸는데 굳이 불편한 사람에게 일을 맡기겠는가(이건 어디까지나 한 권의 일이 아쉬운 후배들에게 하는 얘기다). 비굴함을 권하는 것 같지만, 억울하면 출세하랬다고, 더 영향력 있는 역자가 되어 당당해질 수밖에 없다.

그러나 이런 충돌이 잦은 건 아니니(이십 년 동안 두세 번이면 거의 없는 거나 마찬가지), 미리 저자세가 되어 겁먹거나 굽실거릴 필요는 없다. 아군끼리 이런 말 하긴 그렇지만, 편집자와 충돌이 잦은 역자라면 역자 본인에게 문제가 있는 건 아닌지 생각해볼 일이다.

후배들과의 대화

어느 신문사와 인터뷰를 할 때였다. 기자님이 내게 "다시 태어나도 번역을 하고 싶다고 했는데 어떤 점이 그렇게 좋으냐"라고 물었다.

"음, 작가와 호흡을 함께하며 한 단어, 한 단어 옮길 때의 기쁨이…… (어쩌고저쩌고)."

그날 인터뷰는 전체적으로 망조였는데, 특히 그 대사는 최악이었다. 어쩌자고 그런 닭살 돋는 소리를 했는지. 주요 일간지와의 단독 인터뷰는 처음이어서 딴에는 어지간히 고상한 척하고 싶었던 모양이다. 그 대사가 생각날 때마다 기자님 머릿속에 지우개 공장을 차려주고 싶을 만큼 부끄럽다.

솔직히 작가와 호흡하며 번역하는 게 뭐 그리 기쁘겠는

가. 그것 말고도 번역 일의 좋은 점은 얼마든지 많다. 가장 좋은 점은, 집에서 작업을 하니 아이와 같은 공간에서 일을 하며 육아를 할 수 있다는 것이다. 그리고 항상 책 앞에 있는 일이니 늘 책 읽는 엄마의 모습을 보여줄 수 있고, 학교 다녀오면 언제나 반겨주는 자상한 엄마의 모습을 연출할 수 있다(아이는 가끔 친구 데려오게 외출 좀 하라고 배부른 불평을 할 때도 있지만).

그리고 일한 결과물이 허공으로 날아가는 게 아니라 '책'이 되어 남는 것도 큰 장점이다. 세월과 함께 책장에 늘어나는 번역서를 보며 '저 책이 나오던 해에 무슨 일이 있었지' 하고 과거 여행을 하는 사소한 재미도 이 직업의 즐거움이다.

한 가지 더 꼽자면 명예퇴직이나 정년이 없다. 오히려 나이를 먹을수록 번역료가 높아지고 대우가 좋아진다. 물론 나이가 많아질수록 실력도 늘어야 하지만 말이다.

뭐니 뭐니 해도 이 직업의 가장 큰 장점은 늘 책을 가까이할 수 있다는 점이 아닐까 싶다. 자기가 번역한 책이 아니더라도 이리저리 책이 많이 생겨 그 속에 묻혀 지내게 된다. 책을 좋아하는 사람에게는 안성맞춤인 직업이다.

이런 번역을 업으로 삼으려고 하는, 혹은 업으로 삼은 지 얼마 안 되는 후배들을 위해 그동안의 경험을 바탕으로 한 조언 몇 가지를 정리했다.

검토자로 신임을 얻어라

한 출판사에서 번역을 의뢰하며 그 책의 검토서를 같이 보내줬다. 보통 검토서를 쓴 역자에게 번역을 맡기지만, 검토자가 경험이 많지 않거나 인지도가 낮은 경우 다른 번역자에게 맡긴다. 어느 분야에서나 제 몫을 하는 사람이 되기 전까지 거치는 서러움은 있게 마련이다. 힘들게 검토했는데, 이런 작품 꼭 번역해보고 싶었는데, 판권 계약을 하더니 다른 번역가에게 줘버렸다고 속상해할 것 없다. 검토서를 작성하는 일은 다 뼈가 되고 살이 되며 돈이 되고 공부가 되고 경험이 된다. 그렇게 한 계단 한 계단 올라가면 된다. 운 좋게 두어 계단씩 건너뛰어 가는 사람들도 있겠지만, 그럴 경우 기초가 탄탄하지 못해서 이내 벽을 만날 수도 있다.

책과 함께 온 검토서를 보다가 깜짝 놀랐다. 발췌 번역도 훌륭하고, 줄거리를 요약하는 솜씨도 좋았다. 게다가 나도 그렇고 대개는 검토서에 꼭 필요한 것—줄거리, 발췌 번역, 검토 소견—만 쓰는데 이 친구는 작가 소개와 해외 독자 서평들까지 번역해놓았다. 그것도 긍정적인 평과 부정적인 평 반반씩 말이다(알고 보니 검토서를 이렇게 예쁘게 작성하는 후배들이 많더라). 그 깔끔한 검토서를 보며 '이 친구는 머잖아 좋은 번역가가 되겠구나' 싶어서 일부러 이름까지 기억해두었다. 예상대로 그 친구는 지금 활발하게 활동하는 번역가 중 한 사람이 됐다. 두 사람의 검토서를 보며 그런 생각을 했는데, 요즘 둘 다 잘나간다. 그렇게 깔끔하고 성의 있는 검토서라면 어느 편집자든 반할 것이고 신뢰감이 생길 터, 그다음 일로 연결되는 건 시간 문제다.

검토서란 외서 신간이 들어오면 출판사에서 내용을 파악하기 위해 역자에게 검토를 맡겨 받는 것이다. 역자마다 다르지만 대체로 '1. 제목 2. 작가 3. 출간 연도 4. 출판사 5. 쪽수 6. 줄거리 7. 발췌 번역 8. 검토 소견' 형식으로 되어 있다. 줄거리는 자세하게 쓰는 사람도 있고 압축해 쓰는 사람도 있는데, 내 경우 책이 별로면 짧게 쓰고, 이 책은 꼭 나왔으면 좋겠다 싶은 책은 길게 쓴다. 발췌 번역은 분량이 특별히 정해져 있는 건 아니나, 보통 적게는 A4 용지 4쪽에서 많게는 10쪽 정도 한다. 이 경우도 역시 출판사에 꼭 추천하고 싶은 책은 좀 더 길게 쓴다. 검토 소견은 다 읽어본 사람으로서 느낌을 쓰면 된다. 각자 독서 취향이 있으니, 검토하는 책이 자기 취향에 맞기도 하고 안 맞기도 할 것이다. 그러나 역자의 독서 취향을 묻는 게 아니니, 소견을 쓸 때는 가급적 책에 대한 개인의 취향을 버리고(버린다고 버려지는 게 아니긴 하지만), 그 책을 읽을 독자들의 입장에서 생각한다. 그러기 위해서는 책을 읽으면서 이 책은 어떤 연령층, 어떤 성별의 사람들에게 맞을지를 먼저 파악해야 한다. 어떻게? 많이 읽다 보면 저절로 답이 나옵니다요.

검토서를 쓰려면 책을 읽느라 하루 이틀, 작성하느라 하루 이틀 걸린다. 두꺼운 책이면 일주일 이상도 걸린다. 검토비는 대체로 10만 원에서 20만 원 선이다. 책 읽고 검토서 쓰느라 보낸 날수로 나누면 적은 수고비다. 그렇게 해서 계약이 되어 번역을 맡으면 다행이지만, 현실은 검토서를 열 건 쓰면 한 건 계약될까 말까다. 경력이 짧으면 계약이 돼도 번역을 맡는다는 보장이 없다.

그럼에도 검토서는 착실하게 쓰는 것이 좋다. 그래야 한 번이라도 더 편집자와 소통을 하게 되고, 한 번이라도 더 기회가 온다. 비록 지금은 내게 번역 의뢰가 오지 않는다고 해도 언젠가는 올 것이다. 출판사에 나를 어필할 수 있는 절호의 기회라 생각하고, 편집자에게 보내는 러브레터라 생각하고 정성껏 써보기를 권한다.

분명 여러분 중에는 "검토서를 쓸 기회라도 얻고 싶어요!" 하고 간절히 바라는 번역가 지망생도 있을 것이다. 너무 진부해서 짜증 나는 조언일 테지만 두드려라, 열리게. 아마도 번역가가 되고 싶어하는 사람들의 성향은 활동적이고 사교적인 쪽보다 조금은 내성적이고 비활동적인 사람들이 많지 않을까 싶다. 내가 그러니 남들도 그렇다는 건 아니고, 번역하는 사람들을 만나보면 열에 예닐곱은 그런 경향이 있다. 천부적인 말솜씨와 유머로 좌중을 좌지우지하는 분도 있지만, 여러 번역가들을 만나본 바 그런 사람은 드물다.

이런 성향의 사람들에게 낯선 출판사의 문을 두드리는 일이 얼마나 어려운지 누구보다 잘 안다. 그러나 요즘은 굳이 떨리는 목소리로 전화하지 않아도 이메일로 연락을 취할 수 있지 않은가. '나 이런 사람인데요' 하는 이력서 메일이 아니라, 괜찮아 보이는 책 하나 골라서 검토서 메일을 보내보자. 대형 서점의 외서 코너나 아마존에 들어가면 신간 정보를 얼마든지 볼 수 있고 구매할 수 있다. 우리나라에 소개되지 않은 구간 중에도 좋은 책이 많을 것이다. 정성껏 쓴 검토서와 프로필 메일을 보내다 보면 편집자의 눈에 들 수도 있지 않을까? 외서를 많이 내는 출판사는 항상 검토자를 찾고 있으니 말이다. 검토서 메일을 보내기 전에 서점에서 각 출판사의 출판 경향을 조사하는 건 기본이다. 기왕이면 자신 있고 관심 있는 분야의 도서를 정해서 검토서를 작성하여, 어떤 출판사에서 그런 책을 주로 다루는지 알아보고 보내자.

이른바 '짬밥'이 어느 정도 된 역자들은 검토서 쓰기를 꺼린다. 나도 한창 건방이 물올랐을 때는 '나한테 검토서를 맡기다니' 하고 무조건 거절했다. '번역한 지 십 년이 넘었는데 검토서를 쓰는 건 좀 아니잖아?'라고 생각했다. 요즘은 시간이 허락하면 가끔 검토서를 쓴다. 내가 검토서 쓴 얘기를 하면 후배들이 "선생님도 검토서를 써요?"하고 의아한 시선을 보낸다. 검토서는 초보 시절에나 쓰는 거란 생각이 무의식중에 심어져 있는 것이다. 그러나 건방도 한때다. 계속 그러다가는 일거리 떨어진다는 걸 어느 순간 깨닫게 된다. 요즘은 검토서를 의뢰한 사람에게 번역을 맡기는 출판사가 많아졌다. 초보나 검토서를 쓴다는 생각은 버려야 한다.

첫 번역료는 어떻게 정할까? 적정 수준은?

돈 얘기 하기, 참 힘들다. 책을 앞에 두고 돈 얘길 하면 속물스러워 보일까 봐 번역료가 얼마인지 물어보지도 못하고 첫 책을 낸 얘기를 앞에서도 했지만 말이다. 지금도 번역을 시작할 때 "죄송합니다만, 번역료는 얼마쯤……?"하고 편집자가 조심스럽게 말을 꺼내면, 나도 같이 식은땀이 흐른다. 그래서 "○○ 출판사에서는 얼마쯤 주세요?"하고 되묻는다. 부르는 액수가 생각하는 액수와 별 차이 없으면 "아, 그럼 그렇게 주세요"하고 넘어간다. 10초 만에 흥정이 끝나니 행복하다. 그러나 가끔은 흥정이 계속될 때도 있다. 아무래도 '번역료=자존심'인지라 돈 500원에 목숨…… 아니, 자존심을 걸게 된다.

하지만 만약 그대가 번역을 시작한 지 얼마 되지 않았다면, 번역료를 자존심이라고 생각하지 않았으면 좋겠다. 나는 번역료 100원, 200원을 올리려고 꾸준히 쌓아온 세월이 있기 때문에 지키고 싶은 자존심도 있지만, 이제 시작하는 단계에서 자존심 챙기다가는 밥줄 끊긴다. 그저 공부려니, 수련이려니, 경험이려니 하고 열심히 하다 보면 경력이 쌓일 테니 그때 가서 번역료 흥정을 해도 된다. 양심껏 적정 번역료를 주는 출판사나 번역회사가 더 많지만, 개중에는 터무니없이 낮은 번역료를 제시하는 악덕 번역회사나 출판사도 있다. 번역하는 사람들이 모인 인터넷 커뮤니티에 가보면 그런 정보가 올라온다. 잘 참고하여, 후자를 만나서 아픈 경험을 하는 후배들은 없기를 바란다. 허나 자존심을 챙기지 않는 것과 노동력 착취를 당하는 것은 또 다른 문제다. 일반적인 '시세'보다 터무니없이 낮을 때는 재고해보는 게 좋다. 공부하는 셈치고 하겠다는 각오라면 상관없지만.

그럼 적정 번역료라는 건 어느 정도일까. 보통 초보의 경우 영어는 원고지 장당 2500~3000원, 일본어는 2000~2500원 정도 한다. 그러나 이건 양심적인 출판사에서 정상적으로 주는 액수고, 아마도 일부 출판사나 번역회사는 이것보다 적기도 할 것이다. 출판 번역이라면 번역료가 적다 싶더라도 기회가 왔을 때 감사합니다 하고 일을 받아서 하는 게 좋다. 자기 번역서가 몇 권쯤 생기고 번역에 조금 자신감도 생기면, 차츰 500원씩 올려가면 된다. 그렇다고 해마다 500원씩 올릴 수 있는 건 아니다. 한번 올린 가격으로 아마도 삼사 년씩 혹은 그 이상 계속하게 될 것이다. 다른 물가들은 쑥쑥 잘 올라가는데, 번역료 100원 올리기는 정말 어렵다.

어느 분야든 그렇지만, 경험이 밑천이고 경력이 재산이다. 번역서 한 권, 두 권은 돈으로 살 수 없는 큰 재산이다. 번역료 흥정하다 맞지 않는다고 내치는 어리석은 짓은 하지 않길 바란다. 그런 '짓'은 몇 년 뒤에 해도 된다. 신참들뿐만 아니라, 나름대로 여러 해 했다고 어깨 힘 살살 들어가기 시작한 사람들도 마찬가지다.

출판사가 결제를 안 해줄 경우
내가 태어나서 처음으로 저주를 퍼부었던 사람이 바로

결제 때문에 애를 먹였던 출판사 사장이다. 얼마나 분했던지, 그때가 가을이었는데 새해 첫날이 되면 꼭 빨간 글씨로 저주 편지를 보내고야 말겠다고 귀여운(?) 복수까지 다짐했다. 그러나 시간이 흐를수록 분함도 사그라지고, 그런 사람에게 우푯값과 수고를 들이는 것도 아까워서 복수를 접고 말았다. 가끔 후회된다.

마치 '복덕방'에서 장기 두는 아저씨 같던 그 사람은(실제로 출판사에 가면 만날 장기만 두고 있었다), 번역료를 일 년은 미루고 미루더니 마지막에 가서는 도리어 막말을 하며 반이라도 받으려면 받고, 싫으면 관두라는 식으로 나왔다. 스물여덟 살의 딸 같은 아가씨 돈 떼먹고 부자 되고 싶었을까.

번역을 시작한 이래 액수의 많고 적음과 관계없이 결제 문제는 항상 순조로웠기 때문에 그게 당연한 건 줄 알았다. 그런데 알고 보니 그때까지는 단지 운이 좋았을 뿐이었다. 동료들도 그렇고, 결제 때문에 속 썩는 일들이 적지 않았다.

예전에는 '주겠지, 설마' 하며 기본적으로 출간 뒤 몇 달을 기다렸다. 그러다 며칠 동안 마음의 준비를 하고 용기를 내서 "저기…… 번역료 좀 주시면 안 될까요?" 하고 전화를 한다. 그러면 안 준다는 말은 또 안 한다. "아, 죄송

해요. 다음 주까지 넣어드릴게요." 시원스러운 대답에 되레 미안해져서 "독촉해서 죄송합니다" 하고 끊는다. 그러나 다음 주에 돈은 들어오지 않는다. 아는 사람은 아시리라. 결제 문제로 속 썩이는 출판사는 '다음 주'가 수도 없이 지나야 준다는 것을.

친하게 지내던 출판사와 결제 문제로 사이가 서먹해진 경우도 있지만, 해가 갈수록 결제 문제로 고생시키는 출판사는 적어졌다. 최근 몇 년 동안은 거의 없었던 것 같다. 이것도 이름값 덕분인지, 아니면 운 좋게 결제를 잘 해주는 출판사들과 일을 한 건지 정확한 이유는 모르겠지만, 전자일 확률이 높다고 자만하고 있었다. 그러나 역시 출판계에서 방심은 금물. 한번은 번역 일 시작하고 처음으로 황당한 일을 겪었다.

어떤 출판사에서 장당 4000원에 계약한 책을, 형편이 어려워서 그러니 2500원으로 낮춰주면 안 되겠냐고 제안을 해왔다. 이미 원고를 넘긴 지 6개월 뒤의 일이었고, 이 책은 출판사 사정상 출간을 못 하게 됐다. 2500원에 한다는 것은 다시 십여 년 전으로 돌아가는 것이다. 역자에게 100원의 의미가 어떤 건지 앞에서 얘기했으니 그 말을 들은 심정은 새삼 설명하지 않겠다. 어려운 출판사 사정은 충분히 이해했지만, 황당해서 말이 나오지 않았다. 원래 매절 계약이란 게 흥해도 출판사 몫, 망해도 출판사 몫이지 않던가. 매절 계약한 책이 베스트셀러가 됐다고 인센티브를 주는 것도 아니면서, 출판사 어려우니 같이 피를 보자고 하는 것은 아니지 않나. 그렇지만 어렵다는데 어쩌겠는가. 어느 정도 양보한 액수를 제시하고 이야기를 마무리했다. 그러나 지금까지도 결제는 되지 않고 있다.

이 일로 처음으로 여러 사람들과 결제에 대한 의견을 나눴다. 이런 상황인데 어떻게 하면 좋겠냐고 자문을 구했더니, 모 출판평론가의 대답은 "포기하고 다른 일이나 열심히 하슈." 모 출판사 대표님은 "잊어버려야지, 뭐." 팔은 안으로 굽어서 같은 대답인 걸까? 다음으로 동료들과 편집자들에게 물어봤다. 한결같은 대답은 "일단 내용증명을 보내라. 귀찮아 죽으려고 할 때까지 독촉 전화를 해라." 포기하라는 사람은 하나도 없었다. 양쪽의 서로 다른 반응이 재미있지 않은가.

같은 출판사에서 이 년째 번역료를 받지 못하고 있던 동료들은 결국 내용증명을 보냈다. 아무런 반응이 없더란다. 그래서 그 다음부터는 매일 독촉 전화를 하고 있단다. 그것도 서로 못 할 노릇이다. 사장도 아니고 전화 받는 사람이 무슨 죄가 있어서 매일 고료 독촉에 시달려야 하는가. 또 마감에 쫓기는 역자가 매일 전화한다는 게 얼마나 신경 쓰이고 힘든 일인가. 그런데도 아무 성과가 없다. 다른 사람들이 내게도 독촉 전화와 내용증명을 권하기에 "아이구, 나 그런 거 못 해요" 이랬더니 "뭐, 그렇게 우아 떨다가 돈 한번 떼여보든가" 하고 빈정거렸다.

"출판사에서 결제를 안 해주면 어떻게 해야 돼요?"

만약에 후배들이 이렇게 묻는다면 나도 내용증명을 보내세요, 독촉 전화를 하세요, 라고 대답해줄 것이다. 앞서 언급한 출판사의 경우는 사정이 많이 어려우니 반응이 없지만, 어지간한 곳이라면 해주지 않을까? 오래전에 결제를 안 해주는 출판사 때문에 끙끙거리고 있을 때, 보다 못한 그 출판사의 편집자가 몰래 전화를 해줬다. "선생님처럼 얌전하게 있으면 순위가 계속 밀려나요. 자꾸 괴롭히는 사람부터 먼저 주게 되거든요. 정말 이 바닥이야말로 우는 아이 젖 주는 곳이에요." 그렇게 친절히 가르쳐주는데도 성격상 나는 못했지만, 후배들은 새겨듣기 바란다.

출판사에서 번역료를 지급할 때는 보통 원고 인도 후 일정 기간 이내에 지급해주는 경우와 출간 후 일정 기간 이내에 지급해주는 경우가 있다. 원고를 넘기고 바로 출간 작업에 들어간다면 출간 후 지급도 별 문제 없지만, 특별한 책이 아닌 다음에야 짧게는 몇 달씩, 길게는 몇 년씩 묵혔다 나오기 때문에 경제적으로 곤궁해진다. 출간이 늦어지면 융통성 있게 미리 지급을 해주는 곳도 있으나, 끝내 '관행'을 강조하며 안 해주는 출판사도 있다. 그러나 출판사 관행이어서 '출간 후 결제를 절대 번복할 수 없다'고 하는 곳이라도 A급 혹은 특A급 역자(라고 분류표가 있는 것은 아니지만)의 경우, 계약서를 쓸 때 '원고 인도 후'로 해 달라고 하면 그렇게 해주기도 한다. 얼마 전 한 선배가, 다들 '어떤 경우에도 출간 후 결제인 곳'으로 알고 있어서 이의 없이 따랐던 모 대형 출판사에 '원고 인도 후'로 고쳐달라고 하자, 그렇게 고쳐줬다고 한다. 결제 때문에 서러운 일 많았던 후배님들, 부지런히 일해서 이름값을 올립시다.

어려운 책이 들어왔다!

참으로 다양한 수준의 책이 들어오지만 번역료는 동일하다. 언젠가 한 후배가 "어려운 책은 번역료 더 받았으면 좋겠어요. 작업 시간이 몇 배나 걸리잖아요"라고 하기에, "그럼 쉬운 책 할 때는 번역료 깎아줄 거야?" 했더니 아하, 하고 배시시 웃었다.

어려운 책을 하면 시간이 더 걸리긴 하지만, 나름대로 보람도 크다. 그 보람은 번역료로 산정할 수 없다. 아무래도 모르는 말들이 많이 나와서 계속 연구하고 검색하게 되니 시간은 배로 걸리지만 큰 공부가 된다. '이런 책 번역했다' 하는 뿌듯함과, 더 어려운 책에도 도전할 수 있을 것 같은 자신감이 생긴다. 물론 가능하면 사전 안 펴고도 진도 쫙쫙 나갈 수 있는 책이 좋긴 하다. 다만 자신의 발전을 위해서는 한 해 동안 작업한 책들의 난이도가 상중하로 골고루 있는 게 좋다. 나는 그 상중하를 공부하는 번역, 돈 버는 번역, 쉬어가는 번역으로 나눈다. 너무 편한 번역만 하다 보면 긴장이 풀려서 좋은 번역이 나오지 않는 것 같다. 그러니 어려운 책이 들어왔다고 미리 겁먹지 말고, 한계에 도전한다는 생각으로 차근차근 해보길 바란다. 절대로 소화할 자신이 없는 책이라면 계약하지 않는 게 옳다. 그러나 기왕 계약한 책이라면 열심히 해보자.

자, 어려운 책, 작업을 시작했다. 이해 안 가는 문장, 모르는 단어 천지다. 역자들마다 작업 방법은 다른데, 동료 A의 경우 그날 할 분량을 정해놓고 그 분량 안에 나오는 모르는 단어나 표현을 미리 다 찾아놓은 다음에 번역을 시작한다고 한다. 내 경우는 일단 번역을 시작하고 모르는 부분은 원어로 써넣은 뒤 모든 번역을 마치고 나서 교정볼 때 원어 부분을 번역한다. 문맥에 따라 뜻이 달리 해석되는 경우도 있으니, 일단은 전체적인 흐름을 아는 게 편하기 때문이다. 그러나 이렇게 하면 초벌 번역은 일찍 끝나지만, 교정보는 데 시간이 많이 걸린다. A가 하는 방법의 장점은 당연히 교정보는 시간이 짧다는 것이다. 결국 시간상으로는 같지 않은가 하겠지만, 초벌을 꼼꼼하게 하는 경우 작업 시간이 훨씬 단축된다.

그러면 이 모르는 말들을 어디서 알아봐야 할까? 우선은 인터넷 검색이다. 하지만 인터넷을 검색한다고 다 나오는가 하면 그렇지가 않다. 반도 안 나올 경우가 허다하다. 그럴 경우에 나는 주로 야후 재팬의 지식주머니知惠袋를 이용한다. 아주 가끔 국내 지식 검색창을 이용하기도 하지만, 만족스러운 답변을 못 얻을 때가 많다. 단순한 해석이 아니라 일본인들만이 알 수 있는 단어의 뜻 같은 것은 아무래도 자국인들에게 묻는 것이 정확하다.

그래도 모르는 것(인터넷에 검색도 안 되고, 질문을 올려도 답변이 없는 것)은 그 방면의 전문가들 사이트 같은 데 가서 직접 질문을 올리기도 한다. 이를테면 합기도나 공수도, 유도 같은 경기의 용어는 우리말로 옮기기 정말 어렵기 때문에 전문가에게 이러이러한 동작을 우리말로 뭐라고 하는지 질문한다. 경마 용어를 찾느라 경마를 검색하여 나오는 카페나 블로그의 주인에게 질문할 때도 있었다. 경제에 관련된 거라면 경제통인 지인의 지인의 지인이라도 찾아서 물어본다.

역자는 외국어만 소화해서 될 게 아니라, 그 외국어로 이야기하는 정치·경제·사회·문화를 이해해야 한다. 사실 우리말로 읽어도 정치·경제면은 어려운데 말이다. 나는 정치·경제나 역사·철학·과학 쪽으로는 약하기 때문에 주로 소설을 번역한다. 그런데 소설 속에서 정치·경제·역사·철학·과학이 나올 때가 있다. 그럴 때는 무조건 공부할 수밖에 없다. 그러다 가끔 '옛날에 이렇게 열심히 공부했더라면 사법고시도 붙었겠네' 하고 혼자 피식 웃는다. 희한한 사실은 그렇게 열심히 찾아가며 공부했건만, 원고를 넘기는 순간 언제 공부했냐는 듯 머릿속이 깨끗하게 비워진다는 것.

번역하기 싫은 책

"선생님 정도 경력이면 하고 싶은 책만 골라서 작업하시죠?"

후배들에게 이런 질문을 받으면 솔직히 대답하기가 미안하다. 그래야 하는데 현실은 그렇지 못하기 때문이다. 아마 지금보다 경력이 이십 년 더 늘어도 골라서 하지 못할 것 같다. 왜냐고 묻는 후배들에게 "언제 일이 끊길지 모르는 프리랜서 주제에 찬밥 더운밥 가리는 건 불경스럽잖아"라고 농담처럼 대답한다. 솔직히 진담이지만, 농담처럼 말하는 이유는 '저 선배만큼 경력이 쌓이면 마음대로 골라서 일할 수 있겠지' 하는 그들의 꿈을 꺾는 게 미안해서다.

물론 거절할 때도 있긴 하다. 스케줄이 맞지 않는 경우야 본의 아니게 거절하는 거고, 도저히 자신 없는 분야의 책이 들어올 땐 열이면 열 다 거절한다. 열심히 한다 해도 완성도를 자신할 수 없어서다. 드물지만 번역료가 맞지 않아서 거절할 때도 있다. 어떤 경우든 정말 정중하게 거절하지만, 그간의 경험으로 보아 한 번 거절한 곳은 두 번 다시 연락이 오지 않는다. 그러니 '유명 작가의 책이 아니어서' '내가 좋아하는 장르가 아니어서' '잘 팔릴 것 같지 않아서' '책이 시시해 보여서' '책이 너무 두꺼워서' 등등의 이유로 의뢰를 거절하는 건 프리랜서로서 생명을 단축하는 지름길이다. 번역하기 쉽고 재미있는 책만 선호하다 보면, 달콤한 초콜릿과 사탕만 좋아하다 치과 가는 아이 꼴이 날지도 모른다. 이건 내 힘으로 절대 무리일세, 싶은 작품만 아니라면 다양한 작품을 매끈하게 소화해내는 것이 능력이다.

그런데 대부분 번역을 시작하고서야 이 책이 지뢰밭이구나 하고 깨닫는다는 게 문제다. 책을 미리 다 읽어보고 계약을 하는 경우는 별로 없기 때문이다. 다른 분들은 어떤지 모르겠지만, 나는 편집자가 전해주는 정보로 아마존과 야후 재팬에서 책 내용과 서평을 검색해보고 계약을 한다. 때로는 작가와 제목과 편집자의 책 설명만 듣고 계약을 할 때도 있다. 그렇게 맡은 작업 중 두세 권은 아주 마음에 들고, 대여섯 권은 그럭저럭 괜찮고, 나머지 한두 권은 좀 별로다. 아마 계약을 하기 전에 꼼꼼히 검토를 해서 아주 마음에 드는 책만 번역한다면, 일 년에 반 이상을 손가락 빨며 보내야 할 것이다.

그럼 어떤 책이 번역하기 싫은 책인가. 우선은 작가가 자신의 지식을 드러내려고 불필요할 정도로 전문적인 지식을 늘어놓은 책. 하루 종일 검색하다 시간을 다 보내게 된다. 검색해서 안 나오는 경우도 허다하니 이 사람 저 사람 전문가에게 굽실거리며 묻기 바쁘다. 그러나 이런 책도 글만 잘 썼으면 용서된다. 정말로 번역하기 싫은 책은 원문이 후진 책이다. 책의 재미나 교훈을 떠나서 아무리 잘 번역해도 '발 번역'으로 보이게 하는 재주 좋은 원문을 말한다. 이럴 때는 문장이 어설픈 건 작가 탓인데도 역자가 욕먹는다. "작가가 그렇게 쓴 걸 어떡해요" 하고 일일이 변명할 수도 없고 말이다. 욕 안 먹으려면 역자가 리라이팅까지 해야 하는 건가 하는 회의에 빠지게 만든다.

오래전, 이십 대 여성이 쓴 자기계발서를 번역한 적이 있다. 장당 번역료 3000원 받던 시절에 원고지 500매도 안 되는 그 책을 두 달 가까이 번역했다. 번역을 하면 '도대체 출판사는 무슨 생각으로 이런 책을 계약했을까' 싶을 때가 가끔 있다. 아무래도 소설은 에이전시에서 그럴듯하게 써서 보낸 리뷰에 넘어가고, 자기계발서는 번지르르한 제목과 목차에 넘어가는 일이 많은 것 같다. 그 책도 그런 경우였다. 목차는 그럴듯한데 본문은 계속 같은 말만 반복하고, 문장은 유치해 아무리 번역에 신경을 써도 모양이 나지 않았다. 나중에는 그 책을 보는 것조차 싫어서 찔끔찔끔 번역하다가 500매 안 되는 분량을 두 달이나 끌게 됐다. 두 달간 150만 원이 채 안 되는 수입을 올린 거다.

한번은 맡은 소설이 너무 지루하고 재미없어서, 3분의 1쯤 번역을 마쳤을 때 담당자에게 그동안 번역한 원고를 보내주며 말했다. "그냥 여기까지 한 번역료와 선인세를 버리고 이 책은 포기하시는 게 어떨까요? 책으로 나와도 누가 사보지도 않겠어요. 교훈도 없고, 재미도 없고…… 제작비가 아까울 것 같아요."

어쩌면 오지랖인지도 모른다. 검토서를 쓰는 것도 아니고 번역을 맡은 것이니, 책이 재미있거나 말거나 번역만 해서 넘기면 될 것을. 번역을 중단하는 것은 내게도 손해다. 일거리 많지 않던 시절이니 더욱 그렇다. 그렇지만 최소한의 양심이랄까, 책을 가장 먼저 읽어본 독자이자 번역자로서 그 정도의 언질은 해줘야 할 것 같았다. 어차피 원고를 보고 최종 판단을 하는 것은 출판사의 몫이다. 출판사에서 괜찮다고 하면 그냥 진행하면 된다. 그런데 그 책은 출판사에서 검토해봐도 재미없었는지 작업을 중단시켰다. 그런데 그 책하고 무슨 인연이었는지, 나중에 다른 출판사에서 또 작업 의뢰가 들어온 게 아닌가. 당연히 그런 사연을 얘기했고, 출판사에서는 그래도 좋다고 하여 번역을 했다. 결과는? 유명 작가여서 그의 어지간한 작품들이 모두 입에 오르내리는데, 이 작품만은 그 작가의 작품 프로필에도 올라 있지 않다. 물론 오래전에 절판됐다. 설상가상 표지마저 유치하고 초라하여 책장에 꽂아놓기도 안쓰럽다. 국내에서 유명해지기만 하면 작품의 질과 관계없이 그 작가의 데뷔작부터 모조리 번역해서 쏟아놓는 풍토는 좀 문제가 있지 않나 싶다. 그런 풍토 덕분에 먹고사는 주제에 이런 소리 하는 것도 웃기긴 하지만 말이다.

역자는 번역하기 싫은 책이어도 탈고할 때까지 최선을 다해야 한다. 빨리 손에서 놓고 싶다고 교정도 대충 본 뒤 넘겼다가는 생각보다 큰 뒤탈이 생긴다. 우리가 한 작업들은 책이라는 결과물로 남기 때문에 어물쩍 넘어간 게

증거물이 돼버린다.

일이 끊겼을 때

예전에는, 그러니까 번역 십 년 차까지는 일할 책이 두 권 이상 밀려 있을 때가 별로 없었다. 그래서 한 권 작업을 마치면 무슨 경건한 마감 의식처럼, 번역하느라 펼쳐놓은 상을 접어 치우고 바닥에 널브러진 사전들을 책꽂이에 가지런히 꽂아놓았다. 작업을 마쳤다는 후련함과 다음 일은 또 언제 들어올까 하는 불안함이 교차하는 순간이다. 작업을 할 때는 마감만 하면 뭐도 하고, 뭐도 하고, 뭐도 해야지 하는 희망 사항이 열 가지도 넘지만, 막상 마감을 하고 나면 일이 없다는 초조함에 아무것도 손에 잡히지 않는다. 읽고 싶었던 책 읽으면서, 그동안 못 놀아줬던 아이와 놀면서 다음 일이 들어올 때까지의 시간을 즐기면 될 텐데 그게 쉽지 않았다. '현재 백수'의 불안함과 조급함이 그 공백을 다 메운 것 같다. 정말 아까운 시간들이었다.

십 년 차를 넘으면서 일이 끊이지 않고 들어오게 됐다. 한 권을 마감하고 나면 하루 이틀쯤 달콤한 휴식을 취하고 다음 일에 들어갔다. 일할 책이 쌓여 있으니 보기만 해도 행복했다. 점점 더 바빠졌다. 이제 마감을 하고도 하루는커녕 몇 시간조차 여유를 부릴 시간이 없어졌다. 번역가는 1인 기업이다. 내가 사장이자 직원이다. 누군가 "이 일 끝나면 바로 저 일 들어가!" 하고 명령을 했다면, 내가 기계도 아니고 한 달 동안 박 터지게 일했는데 쉬지도 못하게 한다고 반발했을지 모른다. 분명 몇 달 하다 때려치웠을 거다. 그러나 내가 사장. 스스로 판단해서 하는 일이기 때문에 불만이 있을 리 없다. 퇴근 시간도 없고 휴일도 없는 악덕 기업이지만, 때려치우고 싶은 마음은 눈곱만치도 들지 않는다. 하루쯤 약속이 있어서 쉬어야 한다면 비교적 쫓기지 않고 일하는 초벌 번역 기간에 쉬면 된다. 책을 읽고 싶으면 24시간 번역만 하는 것은 아니니 적당히 짬을 내서 읽으면 된다. 죽어도 일을 하기 싫은 날이 있으면 그날을 휴일로 삼으면 된다.

연예인들이 종종 예능 프로그램에 나와, 자신이 한창 주가를 올릴 때 기고만장하다 일 끊기고 인기도 추락한 사연들을 털어놓곤 한다. 거기에 비할 정도는 아니지만, 인지도가 높아지고 일이 많이 들어오다 보니 확실히 건방져지는 시기가 오긴 했다. 검토 의뢰 전화에 '아니, 나한테 검토를 의뢰하다니' 하고 발끈하고(비록 겉으로는 웃으면서 바쁘다는 핑계를 대지만), 번역료가 맞지 않으면 거절하는 그런 시기. 건방만 떠는 게 아니라 매너리즘에 빠져서 발전도 없고, 교정도 대충 보고 넘기는 불성실함까지 삼단 콤

보로 프리랜서의 수명을 단축하는 만행을 서슴지 않던 시절이 있었다. 물론 자각 증세는 없었다. 그냥 예전과 똑같이 하고 있다고 생각했다. 그런데도 차츰 일이 줄어드는 것은 훌륭한 후배들이 많이 나오기 때문인 줄 알았다. 그러다 급기야! 일이 끊겼다. 후배들이 "선생님은 앞으로 작업할 책이 몇 권이나 쌓여 있어요?" 하고 물으면 "기업 비밀이야" 하고 방실방실 웃어줬지만, 실은 당장 다음 달에 일할 책이 없었다.

한편으론 그동안 열심히 달려왔으니 넘어진 김에 쉬었다 가자는 생각도 들었다. 하지만 현실은 어떻게 이 지경까지 오게 했는가 하는 끊임없는 자아비판과 슬럼프였다. 한창 벚꽃 철이어서 생전 처음으로 엄마에게 벚꽃 구경을 가자 했더니, 엄마는 바쁜데 엄마 신경 쓰지 말고 일하라며 한사코 거절했다. 어느새 사람들에게 나는 일 년 내내 바쁜 사람으로 각인돼 있었다. 친구들이 만나자고 해도 "마감이어서", 모임이 있어도 "마감이어서", 편집자가 만나자고 해도 "마감이어서". 매달 한 권씩 해야 하니 늘 마감에 쫓기며 살긴 했지만 굳이 시간을 내려 하면 못 낼 것도 없었는데, 나한테 세상은 오로지 '딸과 일'뿐이었기 때문에 그 외 모든 것을 멀리하며 살아왔다. 그런데 내 세상의 반인 일이 끊긴 거다.

꾸역꾸역 책을 머리에 쑤셔 넣으면서 반성했다. 이제 어떤 일이 들어와도 그게 마지막 기회라 생각하며 열심히 하자, 황송해하며 번역했던 초심으로 돌아가자…….

그러던 중에 거래한 적이 없는 출판사에서 검토를 의뢰해왔다. 그전까지는 "아유, 너무 바빠서요, 죄송합니다" 하고 거절했던 검토서지만, 이번에는 냉큼 받아 바로 작성해서 보냈다. 그랬더니 며칠 뒤에 검토서의 발췌 번역이 참 좋았다며, 계약한 다른 작품의 번역을 의뢰해왔다. 이렇게 해서 오 년 만에 찾아온 춘궁기는 20일 만에 끝났다. 그 후로는 일이 끊어진 적이 없다. 무신론자지만, 그때를 생각하면 정말 신이 존재하는 게 아닌가 싶은 생각이 든다. 아니면 흘러간 유행어다만 조상신이 도왔는지도 모르겠다. 아무 생각 없이 냅다 달려가는 중생에게 살짝 다리를 걸어 엎어지게 한 것은, 이 일로 밥 먹고살려면 더 몸을 낮추고 더 공부하고 더 성실하라는 애정 어린 경고였던 것 같다.

요즘 주위에 보면 일이 없어서 한숨 쉬는 후배들이 많다. 몇 년 전에 비해 일본소설 인기가 주춤하기도 하지만, 환율도 높은데 선인세가 자꾸 비싸지니 아무래도 계약 건수가 많이 줄어든 탓인 듯하다. 그러나 출판사에서는 여전히 일본 책을 계약하고 있고, 일부 번역가들은 작업할 책이 밀려 있다. 그러니 미안하지만, 일이 들어오지 않는 것은 실력이 부족해서일지도 모른다. 앞에서 얘기했듯이, 몇 번 성의 없이 교정보고 넘겼더니 일 끊어지는 건 시간문제였다. 그동안 쌓아온 인지도고 경력이고 다 소용없었다. 번역의 세계는 '실력, 이름, 학벌, 그중에 제일은 실력'인 곳이다.

일이 없을 때는 무조건 읽고, 쓰고, 공부하기. 아무 생각 없이 읽은 책들, 긁적거린 글들이 쌓여서 분명 다음 번역을 반짝거리게 할 것이다. 안다. 조급함과 초조함에 여유롭게 활자를 음미할 마음의 여유가 없다는 걸. 그렇지만 그것마저 하지 않으면 드문드문 들어오던 일마저 떨어질지 모른다. 읽고 쓰는 와중에 한번씩 같이 일했던 편집자에게 안부 메일을 보내 자신의 존재를 일깨우는 것도 괜찮다. 그렇다고 일이 없어 죽겠어요, 하고 징징 짜는 메일을 보내면 안 된다. 밝고 맑고 에너지 넘치는 긍정적인 글이 상대방에게 호감을 준다는 사실을 잊지 말 것. 개중에는 답장을 안 해주는 편집자들도 있겠지만(아마도 절반 정도는) 상처받지 말고 바빠서 그러려니 할 것.

일이 들어오는 간격이 너무 길어지면, 그 참에 진지하게 미래를 생각해보고 전직을 고려해보는 것도 조심스럽게 권한다.

기획서 통과 후 유의할 점

출판사에 기획서(또는 검토서)를 보내 출간에 성공하기란 참 쉽지 않다. 내가 기획서를 보내던 시절에는 일본소설이 본격적으로 인기를 얻기 전이라 우리나라에 소개되지 않은 좋은 작가와 좋은 작품이 많을 때여서 그나마 성공 확률이 높았지만, 요즘은 어지간한 책들은 에이전시를 통해 출간과 동시에 소개되니 기획하기가 만만치 않다.

신인 작가의 책은 미덥지 않아 못 하겠고, 유명 작가의 책은 이미 데뷔작부터 전부 계약이 돼 있거나 출간됐고, 수상작은 발표되자마자 경쟁이 치열하고…… 개인이 끼어들 틈이 없다. 그러나 소설의 경우는 이래도, 자기계발서나 다른 장르는 좀 쉽지 않을까 싶다. 아마존의 베스트셀러 100위 목록을 자주 참고하길 권한다. 거기도 이미 부지런한 에이전시 분들이 다 훑었을 테지만, 계약 전이라면 누가 먼저 기획하건 상관없으니까. 일본소설 쪽이라면 월간지 〈다빈치〉를 추천한다. 해외 배송도 된다. 떠오르는 신인 작가의 정보와 활발히 활동하는 작가들의 최신작 정보를 얻을 수 있다. 여기에서 얻은 정보로 화제의 신인 작가 책을 구입하여 미리 읽고 블로그나 SNS에 서평을 올리다 보면, 그 작가에게 관심을 둔 출판사에서 검색을 하다 발견하고 의뢰를 해올지도 모른다. 『밤의 피크닉』을 번역할 때 '온다 리쿠'를 검색해봤더니 딱 한 곳의 블로그에 자세한 정보가 있었다. 당연히 편집자도 검색을 통해 그 블로그를 봤을 것이고, 그 블로그에는 검토에 들어가려던 책들의 소개가 상세히 실려 있었다. 그 블로그 주인에게 다음 작품을 의뢰하는 것은 당연한 수순이었다.

착실히 준비하는 사람에게는 언제든 기회가 온다. 관심 있는 언어권의 출판 정보가 실린 매체를 늘 가까이하기 바란다.

아, 이번에는 기획을 했다가 크게 실패한 얘길 쓰려고 했는데, 잠시 옆길로 새버렸다. 스스로 기획을 해야 일거리가 생기던 시절 얘기다. 십삼 년 전쯤, 아주 가난하게 살 때였다. 하루는 좋은 기획 아이디어가 떠올랐다. 연애 관련 책을 사와서 연애 에세이 책을 짜깁기했듯이, 이번에는 무서운 책을 잔뜩 사와서 제일 무서운 얘기를 골라 여름용 초특급 공포소설을 짜깁기해보자! 이런 아이디어였다. 당시 출판계 상황으로 말하자면, 초등학생용 공포소설이 베스트셀러가 되어 날개 돋친 듯이 팔리고 있었다.

나는 먼저 이 기획을, 지인에게 소개받아 안면이 있는 출판사 대표님에게 전화로 설명했다. 대표님은 그것 참 좋은 아이디어라며 당장 추진하자고 했다. 그래서 급히 비자를 받아 일본으로 출장을 가게 됐다. 내 상식으로는 기획 아이디어에 동의하여 출장까지 가게 됐으면 출판사에서 책값이라도 보태줘야 하는 거 아닌가 싶었지만, 전혀 그런 게 없었다. 잘 다녀오라는 전화만 수차례. 게다가 불행하게도 나는 일을 추진하기 전에 '계약서'란 걸 써야 한다는 상식이 없었다. 아니, 잠시 생각은 했지만, '설마 일 끝내놓고 나 몰라라 하진 않겠지' 하고 상대방을 믿었다. 그리고 그저 아이디어만 나왔을 뿐, 작품에 대한 실체가 없는 상황에서 계약서를 쓰자고 하는 것도 어불성설이려나 하고 상대방 편에서 생각했다.

대형 서점과 헌책방을 싹싹 돌며 20~30권 되는 무서운 이야기책들을 사왔다. 집에 오자마자 출판사 대표님에게 전화가 왔다. 정확히 언제 오는지 몰라 몇 번이나 전화를 했었다고 한다. 대표님도 몹시 기대가 컸던 것이다. 그러면서 여름이 오기 전에 책을 만들어야 하니 서두르자고 했다. 없는 형편에 일본 출장까지 다녀왔으니 급하긴 나도 마찬가지였다. 얼른 일을 해서 본전을 뽑아야 했다. 그날부터 부지런히 책을 읽어서, 얼추 한 권 분량으로 내용을 추려 번역을 시작했다.

드디어 번역을 완성하여 원고를 보냈다. 디스켓으로 보내던 시절이었다. 일주일, 보름이 지나도 아무 연락이 없었다. 검토하나 보다, 생각했다. 한 달이 지나도 아무 연락이 없었다. 할 수 없이 전화를 걸었다. 편집자가 대표님이 안 계셔서 잘 모른다고 했다. 그러다 대표님과 연결이 됐을 때는 '아직 검토 중'이라고 했다. 이런 대화는 무려 석 달 동안이나 반복됐고, 그사이 여름은 다 지나갔다. 화가 났다. 원고가 마음에 들지 않으면 손을 봐서 다른 출판사에라도 보여줄 수 있게 돌려주든가, 원고에 대해 이렇다 저렇다 말도 없이 몇 달을 끌다니……. 처음 아이디어를 얘기했을 때부터 원고를 보내기 직전까지의 적극적이던 분위기와 완전히 다른 태도였다.

어지간하면 우호적인 관계를 유지하고 싶어서 싫은 소리 하지 않고 참고 있던 내가, "그럼 디스켓 돌려주세요"라고 했더니, 그제야 기다렸다는 듯이 얼른 보내줬다. 결국 한 달 생활비에 맞먹는 출장비만 날리고 몇 달을 헛수고한 것이다. 아마도 원인은 무서운 책이 별로 무섭지 않아서였던 것 같다. 처음부터 출판사에서 나의 기획에 동의하여 작업을 추진하자고 했을 때, 계약서를 쓰고 계약금을 받은 뒤 진행했더라면 최소한의 피해는 막을 수 있었을 텐데 말이다. 경험이 부족한 탓이었다.

별로 기억하고 싶지 않은 일이긴 하지만, 후배들에게 '계약서'의 중요성을 한 번 더 깨우쳐주기 위해 케케묵은 얘기를 끄집어냈다. 아직도 계약서를 쓰지 않는 출판사가

있는지 모르겠지만, 아마도 출판사 규모가 작거나 친분이
있는 사이라면, '딱딱하게' 계약서 따위 쓰지 않고 서로
'믿고' 일을 추진하는 경우가 왕왕 있을 것이다. 그런 경
우라도 계약서는 꼭 쓰기 바란다. 공사公私가 뒤섞이면 자
칫하다 다 망할지도 모른다.

앞서와 같은 바보 멍청이 사례 때, 계약서도 계약서지
만, 인세나 번역료에 대해 한마디 언급도 없었다. 적어도
일을 추진하기로 했으면, 보수와 대가에 대해 충분한 협의
를 해야 한다. 이 책은 몇 매 정도로 할 것이며, 매절로 할
것인지 인세로 할 것인지, 기획료는 어떻게 줄 것인지 등
등. 당시 이런 멘트는 머릿속에만 맴돌았고 차마 입 밖으
로 꺼내지 못했다. 아마 무사히 책으로 나왔다 해도 이런
문제들 때문에 속상한 일이 있었을지도 모르겠다.

이 사례를 보면 굳이 내가 하나하나 짚어주지 않아도
기획서가 통과돼 작업을 시작할 때 어떻게 해야 할지 감
이 잡힐 것이다. 이래서 실패한 사람에게서 배울 것이 많
은가 보다.

번역료에 대하여

매절과 인세

번역료는 매절 혹은 인세로 받는다. 매절이란 출판사에서 원고지 장당 가격을 매겨 번역 원고를 사는 것을 말한다. 잘 팔릴 것 같은 책은 인세로 받고, 안 팔릴 것 같은 책은 매절로 받으면 역자에게 유리하겠지만, 세상은 그렇게 달콤한 시스템으로 이루어져 있지 않다. 무엇보다 역자에게 인세와 매절 중 선택할 권한을 주는 출판사가 별로 없다. 인세와 매절을 마음대로 선택할 수 있는 역자도 손가락으로 꼽을 정도다. 그러니 웬만하면 출판사에서 제시하는 대로 따를 수 밖에 없다. 나는 실력도 있고 인지도도 높으니 내가 원하는 대로 조건을 제시하겠다고 생각하는 사람은 협상을 잘 해보길 바란다. 정말 실력 있고 인지도 높은 역자라 출판사에서 꼭 이 사람한테 책을 맡겨야 한다고 생각한다면 들어주지 않겠는가. 그러나 실력과 인지도가 순전히 자가 진단이라면 거래처만 하나 잃게 될지도 모르니 주의하기를.

번역료 인세율은 3~6퍼센트인데, 6퍼센트를 주는 곳은 양반이다. 대체로 4~5퍼센트다. 어느 출판사에서는 신인에게 2퍼센트를 주기도 한다. 참고로 일본에서는 번역 인세가 8퍼센트다. 요즘 들어 출판 불황으로 6~7퍼센트 주는 곳이 많아졌고, 생초보인 경우 어쩌다 4퍼센트를 주기도 한단다. 그러니까 우리나라 중견 번역가는 일본의 생초보(보다 못한) 대우를 받고 있는 것이다.

출판사 중 몇 퍼센트가 번역료를 인세로 계약하는지는 잘 모르겠지만, 내 경우를 보면 거래하는 출판사의 90퍼센트가 매절 계약이다. 매절과 인세 중 선택하게 하는 출판사와 계약할 때는 한 5분 고민하다 매절을 선택한다. 인세로 할 경우 원고지 1000매짜리 책을 정가 1만 원에 판다면 4퍼센트 기준으로 1부에 인세 400원, 1만 부를 팔아야 400만 원이 된다. 책 1만 부 나가기 쉽지 않다. 그렇지만 매절로 하면 최소한 400만 원이니, 그냥 매절을 선택한다. 이 책이 잘 나갈지 안 나갈지 긴가민가했지만, '못 먹어도 고' 하는 심정으로 인세를 선택한 적이 있다. 그렇게 계약한 책이 몇 권 되진 않지만, 인세를 매절 원고료만큼 받은 적은 한 번도 없다. 어떤 출판사는 초판 부수가 몇 부인지, 그동안의 판매 부수는 몇 부인지 알려주지도 않더라. 인세 계약에 익숙하지 않은 역자들은 일일이 묻고 따지는 게 출판사를 불신하는 것처럼 비치지는 않을까, 결례는 아닐까 싶어서 그냥 넘어가곤 한다. '책이 안 팔리니 안 주는 거겠지' 하면서. 이래서 나는 속 편하게 매절을 선택한다(실상은 인세를 제안하는 거래처가 10퍼센트에 지나지 않으니 갈등할 기회도 별로 없다).

매절인 경우는 책 판매가 안 돼도 계약한 번역료를 주지만, 책이 베스트셀러가 됐다고 해서 번역료를 더 주진 않는다. 손해도 이익도 오롯이 출판사 몫이다. 대형 베스트셀러가 되면 역자 입장에서 좀 아깝긴 하겠지만, 책이 많이 팔리면 팔리는 만큼 역자도 덩달아 유명해지고, 유명해지는 만큼 일도 많이 들어오니 인세가 아닌 걸 크게 안 타까워할 필요는 없다. 인세든 매절이든 많이 팔리기만 하면 감사한 일이다(……라고 생각하지만, 가끔 책 한 권의 인세로 내 연수입을 받았다는 번역가들의 무용담을 들을 때면 하아……).

누가 봐도 국내에서 최고로 꼽는 번역가들은 선인세로 매절 원고료를 보장받으면서 인세로 계약한다고 한다. 『인간 실격』의 작가 다자이 오사무는 이런 한탄을 했다.

"아아, 빨리 원고지 한 장에 3엔 이상 받는 소설을 쓰고 싶다."

아아, 나도 빨리 원고지 한 장에 6000원 이상 받는 번역을 하고 싶다.

번역료 올리기
번역 일은 성별과 나이에 차별이 없다는 점이 정말 매

력적이다. 일반 직장에서는 남자가 더 많이 받고, 남자가 더 빨리 출세하고, 나이가 많으면 눈치 보이고 잘리고 하지만, 이 바닥에서는 어림없는 얘기다. 어떻게 보면 학력 차별도 없다. 대졸이니 번역료가 이만큼이고, 대학원졸이니 이만큼이고, 유학파이니 이만큼이고 하는 게 없다. '웃기지 마라. 나는 대졸이어서 이만큼 받는데 누구는 유학파라고 저만큼 받더라' 하는 초보 후배들이 있을지도 모르겠다. 그건 그 사람이 유학파여서 더 받는 게 아니라 실력이 더 뛰어나기 때문에 더 받는 것이다. 번역료를 결정짓는 것은 실력과 경력뿐이다.

그동안 내 경험으로 보아, '넌 잘하니까(혹은 오래 했으니까) 이만큼 더 줄게' 하고 알아서 올려주는 출판사는 없었다. 번역료는 스스로 올려야 한다. 그렇다고 실력에 맞지 않게 올렸다가는 일이 끊기기 십상이니 주의할 것. 비슷한 경력의 동료들이 얼마쯤 받는지 동향을 파악하는 것이 중요하다. 실력과 인지도 면에서 그들보다 내가 훨씬 더 낫다고 생각하면 살짝 높이고, 조금 나은 정도라면 그냥 같이 받아라. 번역료 100원, 200원에 목숨 걸다가 미운털 박힐 수 있다. 슬쩍 번역료 흥정을 해보고 반응이 안 좋다 싶으면 "아하하, 그럼 다음부터 올려주세요" 하고 어물쩍 넘어가는 게 좋다. 몇백 원 더 받으려다가 백수 된다.

번역료를 올릴 때는 기존에 일하던 출판사에 느닷없이 "앞으로 500원 더 올려주세요!" 이러면 잘 안 먹힌다. 그리고 그동안 같이 즐겁게 일하다가 돈 얘기 꺼내서 불편해지는 것도 참 못할 짓이다. 이제 올릴 때가 된 것 같다 싶으면 새로 거래하게 된 출판사에서 일이 들어왔을 때 살짝 올린 번역료를 제시한다. 그 번역료를 수락해주면 다른 출판사에서 일이 들어올 때도 그 번역료를 제시하고, 대부분 올린 번역료를 받게 되면 그때쯤 기존에 작업하던 출판사에도 조심스럽게 인상을 부탁한다. 그러나 출판사마다 번역료의 마지노선이 있어서 계속 올리긴 힘들다. 특A급 번역가 몇 분 빼고는 잘나가는 번역가들 대부분 그 마지노선에 걸려 있다. 그러니 섣불리 올렸다가 '그분들도 그렇게 받는데 이건 뭐야' 하고 욕먹을지도 모른다. 오나가나 분위기 파악을 잘해야 한다.

3

번역의 실제

해석과 번역의 차이

　일본문학 번역을 공부하는 분들에게, 사소하지만 알아두면 도움이 될 몇 가지 노하우를 알려드리겠다. 번역 매뉴얼이 아니니 너무 간단하더라도 실망하지 마시기 바란다.

　내가 가장 좋아하는 소설인 『애도하는 사람』 첫 페이지에서 한 문단을 인용해보겠다.

　求めていらっしゃるのは、この人ではないでしょうか。

　1年前の六月の三十日の夜明け前、わたしは両親に気づかれないよう靴下のまま玄関ドアを開け、外へ出てから靴をはき、深い藍色におおわれた空の下を、早足で駅へ向かっていました。

　わたしの生まれた街は、自動車メーカーの関連産業が集

まってひらけた都市を中心に、放射線状に延びたベッドタウンの一つです。駅前には、ビルや商店が立ち並び、朝夕は大勢の人で混雑します。2年前の春まで通っていた高校は、電車で二十分ほど先の場所にあり、わたしは親友と駅で待ち合わせて、通学していました。

그대로 해석하자면 이렇다.

찾고 계신 것은, 이 사람이 아닐까요.

일 년 전의 6월 30일 동트기 전, 나는 부모님이 눈치채지 않도록 양말을 신은 채 현관문을 열고, 밖으로 나온 뒤 신발을 신고, 짙은 감색으로 덮인 하늘 아래를, 빠른 걸음으로 역으로 향했습니다.

내가 태어난 마을은, 자동차 메이커 관련 산업이 모여서 펼쳐진 도시를 중심으로, 방사선상으로 뻗은 베드타운 중 한 곳입니다. 역 앞에는, 빌딩과 상점이 늘어서 있고, 아침저녁에는 많은 사람들로 혼잡합니다. 이 년 전 봄까지 다녔던 고등학교는, 전철로 이십 분 정도 가는 곳에 있어, 나는 친구와 역에서 만나, 통학하고 있었습니다.

일본어 공부를 좀 한 사람에게는 전혀 어렵지 않은 문

장이다. 이 정도 해석쯤 식은 죽 먹기일 것이다. 이 문단이 역자의 손을 거치고 편집자의 손을 거쳐 책으로 나왔을 때는 어떻게 바뀌는지 한번 보자.

혹시, 이 사람을 찾고 있나요?

일 년 전 6월 30일 아침 동트기 전, 나는 부모님이 깨지 않게 양말 바람으로 살그머니 현관문을 열고 나와 밖에서 신발을 신었습니다. 그리고 짙은 감색으로 뒤덮인 하늘 아래 역으로 걸음을 재촉했습니다.

내가 태어난 곳은, 자동차 관련 산업체가 모여 있는 도심에서 방사상으로 뻗은 베드타운 중 한곳입니다. 빌딩과 상점이 즐비한 역 앞은 아침저녁으로 꽤 혼잡합니다. 이 년 전 봄까지 다녔던 고등학교는 역에서 전철로 이십 분 거리여서, 나는 친구와 역에서 만나 같이 등교했습니다.

—덴도 아라타, 『애도하는 사람』(문학동네, 2010)

다른 그림 찾기 하듯, 앞뒤 문단에서 차이점을 찾아보기 바란다. 분명 같은 내용인데 많이 다를 것이다.

"찾고 계신 것은, 이 사람이 아닐까요"가 "혹시, 이 사람을 찾고 있나요?"로 바뀌었다. 해석과 번역의 차이다. 쉼표의 위치도 바뀌었다. 물음표가 생겼다. 일본어에서는

물음표를 잘 쓰지 않는다. 그렇다고 번역을 할 때도 생략하면 안 된다. 우리말로 바꾸었을 때 물음표가 필요한 문장이라면 붙여준다. "부모님이 눈치채지 않도록"은 "부모님이 깨지 않게"로 바뀌었다. '気づかれる'는 보통 '눈치채다'로 해석한다. 그렇게 해도 무방하지만, 상황에 따라 적절한 단어로 바꿔주면 문장이 매끄러워진다. "양말을 신은 채"는 "양말 바람으로"가 됐다. 좀 더 자연스러운 우리말로 변했다. 이런 식으로 하나하나 찾아보자.

"역 앞에는, 빌딩과 상점이 늘어서 있고, 아침저녁에는 많은 사람들로 혼잡합니다"가 "빌딩과 상점이 즐비한 역 앞은 아침저녁으로 꽤 혼잡합니다"가 됐다. 설명을 하지 않아도 뭔가 느껴지는 게 있을 것이다. 쉼표를 빼고 단어의 순서를 바꾸고 군더더기 말을 빼고 나니 문장이 깔끔해졌다. 일본어 문장에는 쉼표가 심하게 많다. 그런데 우리는 되도록 쉼표를 생략하는 추세다. 앞의 원문에서는 쉼표가 총 열두 개인데, 번역문에서는 네 개다. 나도 되도록 쉼표를 뺐지만 편집자가 더 뺀 것 같다. 문장이 지저분해지니 꼭 필요한 최소한의 쉼표만 넣는 듯하다. 일본어를 번역할 때 특히 신경 써야 할 점이다(그러나 어린이 책을 번역할 때는 쉼표가 있어야 할 자리에 있어야 하니, 무조건 빼면 안 된다). 나는 옛날에 작가의 숨결을 살리겠노라고 모든 쉼표를 그대로 다 옮긴 적이 있다. 물론 작가가 일부러 단어마다 쉼표를 쿡쿡 찍어놓은 글이어서 그랬긴 하지만, 역시 책이 되어 나온 걸 보니 쉼표가 방해를 해 가독성이 떨어졌다. 그 책을 다시 번역한다면 쉼표 때문에 또 갈등할 것 같다.

다음으로 "~하고, ~하고" 하는 나열식 문장이 간결해진 것에 주목하기 바란다. 일본소설은 작가에 따라 다르긴 하지만, 대체로 한 문장이 긴 편이다. 그런데 편집자들은 긴 문장을 싫어한다. 아무래도 책을 만들 때 가장 신경 써야 할 점이 '가독성'일 테니 그럴 수밖에 없을 것 같기도 하다. 호흡이 길면 독자들이 싫어한단다. 나도 그런 점을 고려하여 문장에 칼질을 하긴 하지만, 그래도 호흡이 긴 묵직한 문장을 너무 토막토막 잘라 발랄한 문장으로 만드는 건 좀 불만이다. 역자가 칼질한 것을 편집자가 또 칼질하면 그 작가의 문체가 사라지지 않을까 걱정된다. 그러나 역자는 번역을 하는 사람이고, 편집자는 책을 만드는 사람이다. 칼질을 하든 못질을 하든 편집자의 소관이라고 생각한다. 나는 번역을 넘긴 뒤에는 전문가인 편집자의 의견을 전적으로 따르겠다는 주의다. 물론 역자 교정을 볼 때, 문장을 잘못 이해하고 고친 부분이나 터무니없는 칼질과 못질은 바로잡는다.

작가의 문체와 직결된 건 특별한 경우고, 앞의 인용문에서 보듯이 나열식 문장은 되도록 간결하게 해주는 것이 좋다. "~하고"는 "~했다. 그리고"로, "~한데"는 "~했다. 그런데" 식으로. 이것은 문장 정리일 뿐, 작가의 문체에 그리 큰 영향을 미치지 않는다. 그리고 단어를 굳이 원문 순서대로 번역하려고 하지 말 것. 작가의 분위기와 문체를 그대로 전하는 게 옳다는 신념으로 직역을 선호했던 나는, 단어 위치조차 되도록 바꾸지 않으려고 했다. 그런데 그건 번역이 아니라 해석이었다. 작가의 분위기와 문체를 그대로 전하는 게 아니라 내가 실력이 없다는 걸 그대로 광고하는 거였다. 일본어 문장은 도치가 많아서 정리를 잘 해주어야 한다. 특히 주어가 뒤로 가 있는 경우가 많은데, 주어는 되도록 앞으로 가져오시라.

예로 든 이 문단에는 없지만, 일본소설에 자주 나오는 단어 중에 '그/그녀彼/彼女'가 있다. 오래전, 어느 출판사에서 보내준 교정 규칙에 '그/그녀'는 무조건 다른 단어로 대체하라고 나와 있었다. 그전까지 미처 의식하지 못했다가 그 말을 보곤 무릎을 쳤다. 일본어에서는 아버지와 어머니는 물론 심지어 할아버지와 할머니도 '그/그녀'라고 하는 경우가 많다. 오빠, 누나, 여동생, 남동생도 모두 '그/그녀'다. 일본어에 익숙한 사람들은 그렇게 부르는 것에 별로 거부감을 느끼지 못하지만, 부모까지 '그/그녀'로 번역하는 건 옳지 않다. 이제부터 '彼/彼女'를 '그/그녀'로 번역하지 않는 습관을 들이도록 노력해보라. 대명사가 가리키는 사람이 아버지/어머니이면 아버지/어머니로, 타인이면 이름으로 옮겨도 괜찮다. 그러나 무조건 '그/그녀'를 없애는 것은 솔직히 무리다. 대명사가 살려주는 문장도 있고, 여러 번 나오는 인명을 매번 대명사 없이 쓰는 것도 살짝 어색하다. 하지만 기본적으로 머릿속에는 '그/그녀'를 그대로 옮기지 않겠다는 의식을 갖고 있도록 하자.

직역과 의역 사이에서

하루키는 유명한 소설가지만, 훌륭한 번역가이기도 하다. 레이먼드 카버를 좋아하여 그의 소설은 도맡아 번역하고 있다. 번역을 하다 소설을 쓰는 사람은 많아도, 소설쓰다 번역하는 사람은 아마 별로 없을 거라며 은근 자화자찬하는 하루키. 요즘 우리나라에는 소설을 쓰다가 번역하는 분들이 많이 등장했는데.

그는 소설을 한 편 쓰고 나면 번역을 하고 싶어진단다. 소설을 쓸 땐 우뇌만 사용하므로, 좌뇌가 저절로 번역을 요청한다나. 창작과 번역을 자유자재로 하는 그 전천후뇌가 부러울 따름이다.

하루키는 자신의 책을 영문으로 번역한 사람 중에 두 번역자를 좋아하는데, 한 사람은 마음 내키는 대로 빼먹고 자기 식대로 번역한 사람이고, 한 사람은 단 한 단어도 빼먹지 않고 진지하게 직역한 사람이란다(하루키 님, 저는 후자입니다). 양자에게 공평한 점수를 준 하루키지만, 본인은 정작 "사람들은 번역은 의역을 잘하는 것이라고 생각하는데, 내 번역 방식은 구절 하나 단어 하나까지 원문 그대로 옮기는 것"이라고 말한다. 그러지 않으면 굳이 자신이 번역하는 의미가 없기 때문이란다. 하지만 자신의 소설 번역에 대해서는 관대했다. "번역을 뭉텅 빼먹어도 상관없다. 그냥 재미있게 읽히면 그걸로 충분하다. 다만, 없는 말을 함부로 덧붙이는 것만큼은 없었으면 좋겠다." 어떤 번역가가 감히 하루키의 문장을 뭉텅 빼먹을 수 있을까 싶지만, 그런 사람도 있긴 한가 보다. 하루키는 사람들이 당신 소설의 번역본에서 이런 문단이 빠졌는데 기분 나쁘지 않느냐고 물어오면, 그제야 그 부분이 빠진 사실을 알게 된단다. 탈고한 뒤에는 절대 자기 책을 돌아보지 않기 때문에 어디가 빠졌는지 더해졌는지 잘 모른다고 한다. 탈고한 책을 다시 읽어보지 않는 이유에 대해 그는 이런 멋진 표현을 썼다. "그건 마치 벗어놓은 양말 냄새를 맡는 것과 같아서."

대담집 『번역야화飜譯夜話』에 나오는 이야기들이다. 한마디 한마디가 번역하는 사람으로서 몹시 공감이 갔고,

특히 단어 하나까지 원문 그대로 번역하는 것이나 탈고한 뒤에 절대 돌아보지 않는 것은 내 방식과 똑같아서 반가웠다.

약 십 년 전, 어떤 출판사에 갔을 때 주간님이 유명 작가의 소설을 내밀며 이런 말씀을 하셨다. 싹 다 뜯어고쳐도 좋으니 부드럽게 읽히게만 번역하라고. 그때는 더더욱 단어 하나하나에 목숨 걸던 시절이었던지라 그 주문 자체가 충격이었다. '혹시 요즘 나오는 일본소설들도 다 이렇게 뜯어고쳐서 매끄러운 건가?' 잠시 그런 의심도 했다. 동시에 편집자와 독자가 매끄러운 의역을 원하는데, 굳이 단어 하나하나 그대로 옮기는 데 집착할 필요가 있을까, 하는 갈등도 했다. 물론 시키는 대로 뜯어고치진 않았다. 라디오 부품을 다 뜯는 사람은 다시 조립할 줄 알기 때문에 뜯을 것이다. 조립도 못 하면서 무작정 뜯어놓으면 라디오는 쓰레기통으로 들어가야 한다. 감히 유명 작가의 소설을 내 마음대로 뜯어고쳐서 쓰레기를 만들 순 없지 않은가. 결과적으로는 '의역'을 인정하는 '직역'을 했는데, 번역이 좋다고 칭찬을 들었다.

직역과 의역은 어느 것이 옳거나 그른 것이 아니라, 번역하는 사람의 취향인 것 같다. '외모 괜찮은 사람과 성격 좋은 사람 중 누가 더 나아?'라는 질문과 비슷한 취사 선택의 문제다. 하지만 잘생기고 예쁘면 웬만한 게 용서되는 추세니만큼(?), 편집자나 독자도 다소 거친 직역보다 매끄러운 의역을 선호한다. 일본소설이 열풍을 일으켰던 이유 중 하나가 그런 매끄러운 의역 덕분에 번역 소설에 대한 거부감이 없어져서라는 의견도 있다. 솔직히 그런 말 들으면 뜨끔하다. 요즘은 나도 대세를 따르려고 의역에 신경을 쓰는 편이긴 하지만, 아직도 작가가 선택한 단어 하나하나에 연연하는 편이다. 편집자가 교정지에 고쳐놓은 빨간 글씨를 보며 '그래도 작가가 무슨 뜻이 있어서 이 단어를 썼을 텐데, 이 쉼표를 찍었을 텐데……' 하고 갸웃거릴 때가 있다. 그럴 때면 독자를 위해 편집자의 매끄러운 교정을 따르느냐, 작가의 전달자로서 내 뜻을 관철해야 하느냐 하는 심한 갈등에 시달린다. 사람들은 말할 것이다. "외모 괜찮고 성격 좋은 사람을 만나면 되잖아!" 아하, 옳은 말이다. 그렇지만 국내 소설처럼 매끄러운 직역이란 게 가능할지, 작가의 단어를 하나도 버리지 않는 의역이 가능할지, 잘 모르겠다.

부품이냐 비닐봉지냐

나도 그랬지만, 누구나 처음 번역을 할 때는 단어와 조사를 빠뜨리지 않고 충실하게 옮기는 것이 옳은 줄 안다. 하긴 처음부터 멋대로 이것 빼고 저것 빼고 하는 것보다 정석대로 옮기는 게 바른 자세이긴 하다. 그런데 초보자들의 문제는 그동안 독해만 해왔지, 번역은 처음 하기 때문에 독해와 번역의 차이를 모른다는 것이다. 해석이 정확하다고 번역을 잘한 건 아니다. 사전적인 뜻에만 충실해서는 좋은 번역을 할 수가 없다.

일단 정확한 해석을 했으면, 그 문장을 자연스러운 표현으로 바꿔보라. 가령 산책길에 만난 이웃집 사람이 "今日は天気がいいですね"라고 인사를 했다. 그대로 해석하면 "오늘은 날씨가 좋군요"다. 이 문장을 "날씨 참 좋죠?" "날

씨가 화창하네요" 등등 다른 표현으로 옮기는 연습을 해보자. '오늘은'을 붙이지 않아도 '오늘'인 건 이미 알고 있으니 생략해도 된다. 'お肌が黒い'라고 하면 누구나 '피부가 검다'라고 해석할 줄 안다. 이것을 '피부가 가무잡잡하다'로 옮기면 더 자연스러워 보이지 않을까? '甘い'라고 하면 '달다'라는 대표적인 뜻이 있다. 이 단어를 '달달하다, 달콤하다, 달착지근하다, 들척지근하다' 등 문장에 적절한 단어로 옮겨보자. 한때 나는 이런 말들을 프린트해서 달달 외웠다. "검다, 까맣다, 꺼멓다, 새까맣다, 시꺼멓다, 시커멓다, 거무스름하다, 거무튀튀하다, 가무잡잡하다, 거뭇거뭇하다, 희다, 하얗다, 허옇다, 새하얗다, 희붐하다, 희뿌옇다, 허여멀건하다, 붉다, 빨갛다, 뻘겋다, 발갛다, 벌겋다, 발그스름하다, 불그죽죽하다, 푸르다, 파랗다, 퍼렇다, 새파랗다, 시퍼렇다, 푸르딩딩하다, 푸르죽죽하다, 파릇파릇하다, 파르스름하다······." 외우기 귀찮으면 책상머리에 붙여놓고 참고하기 바란다. 이것만 적극 활용해도 해석에서 번역으로 껑충 넘어오게 될 것이다.

다음 몇 가지 사례를 보면서 원문이 어떤 식으로 번역됐는지 찬찬히 살펴보자. 사소한 부분을 살짝 다듬는 것만으로도 문장이 매끄러워진다.

원문

あなたは誰も知らないようなジャズのミュージシャンの
名前はたくさん知っているのに、私の名前は何度でも忘れ
た。電話番号のメモもすぐにどこかにやってしまった。

해석

당신은 아무도 모를 것 같은 재즈 뮤지션의 이름은 많
이 알고 있으면서도 내 이름은 몇 번이고 잊었다. 전화번
호 메모도 이내 어딘가에 둬버렸다.

번역

당신은 남들이 모르는 재즈 음악가 이름은 많이 알면서
도 내 이름은 매번 잊어버렸다. 심지어 전화번호를 적어둔
메모지도 아무 데나 나뒹굴게 내버려두었다.

　　─이토야마 아키코, 『막다른 골목에 사는 남자』(작가정신, 2005)

　아주 쉬운 문장이다. 쉬워서 번역할 거리도 별로 없을
것 같다. 그런데 해석과 번역을 비교해보면, 단어 몇 개만
살짝 다듬은 정도인데 문장이 훨씬 매끄러워졌다. "知って
いる(알고 있다)"처럼 "~ている"의 문장은 "~고 있다"보다
"~한다"로 번역하는 게 자연스럽다. 이 점 항상 염두에 두

기 바란다. "何度でも忘れた"를 "몇 번이고 잊었다"로 하면 해석은 맞지만, 문장이 어색하다. 마지막 문장도 마찬가지로, 독해를 하는 게 아니라 번역을 하는 것이기 때문에 글 속 상황을 파악하고 적절한 표현으로 바꾸어줄 필요가 있다.

원문

"説教するわけじゃないんだけどさ。"

と、あなたは言う。その枕詞の後はいつも説教だ。勉強しろとか、部活やれとか、軽い煙草に変えろとか、将来のことを考えろとか、痩せ過ぎたとか、友達増やせとか、あとはそう、世の中っておまえがおもっているよりもずっとイヤなものなんだよ、とか。説教をひとしきり終えると、あなたは煙草に火をつけ、神経質そうにまばたきをしながら言うのだった。

"で、おまえ、名前なんだったっけ。"

해석

"설교하는 긴 아니지만 말이지."

하고, 당신은 말한다. 그 서두 뒤는 언제나 설교다. 공부해라, 라든가, 동아리 활동 해라, 라든가, 가벼운 담배로 바꿔라, 장래를 생각해라, 라든가, 너무 말랐다, 라든가, 친구를 늘려라, 라든가, 다음은 그렇지, 세상은 네가 생각하는 것보다 훨씬 기분 나쁜 곳이야, 라든가. 설교를 한바탕 마치면, 당신은 담배에 불을 붙이고, 신경질적으로 눈을 깜빡이면서 말하는 것이었다.

"그런데, 너, 이름 뭐였더라."

번역

"설교하려는 건 아닌데 말이지." 하고 당신은 운을 뗀다. 그 뒤에는 언제나 설교였다. 공부해라, 동아리 활동 해라, 순한 담배로 바꿔라, 장래를 생각해라, 너무 말랐다, 친구를 많이 사귀어라. 그다음은, 세상은 네가 생각하는 것보다 훨씬 기분 나쁜 곳이야, 라든가. 한바탕 설교가 끝나면 당신은 담뱃불을 붙이면서 신경질적으로 눈을 깜빡이며 말했다.

"근데 너, 이름이 뭐였지?"

—위의 책

"とか(라든가)" 같은 병렬 조사가 한 문장에서 여러 번 나올 때는 해석하지 않는 게 좋다. 앞에서 보듯 "라든가"를 빼니 훨씬 깔끔해졌다. 역자는 원문의 분위기를 알고 있

기 때문에 단어 하나, 조사 하나가 모두 필요한 부품처럼 느껴져서 선뜻 버리질 못한다. 그러나 우리가 꼭 필요하다고 생각했던 부품이 알고 보면 부품이 담긴 비닐봉지일 때가 있다. 판매할 때는 부품을 담을 비닐봉지가 필요하지만, 조립할 때는 봉지가 필요 없다. 부품인지 비닐봉지인지 구분하는 안목은 아무래도 경험에서 나오겠으나, 되도록 깔끔한 번역을 위해서 군더더기가 될 것 같은 단어나 조사는 미련 없이 버리자.

그리고 이건 '되도록'이 아니라 '무조건' 지킬 것인데, "言うのだった(말하는 것이었다)"라는 표현은 "말했다"로 옮기자. "~하는 것이었다"라는 표현은 쓰지 않는 게 좋다. "言うことだ" "言うわけだ"도 마찬가지다. 여기서 'こと'나 'わけ'도 '것'으로 해석되는데 역시 빼는 게 좋다.

해석과 번역 문장을 비교해보면 적당한 곳에서 문장이 나뉘고, 같은 뜻이어도 단어의 위치가 바뀜으로써 훨씬 우리말다워졌음을 느낄 수 있다.

원문

ルイはモデルで、副業としてホステスをやっていると車中で聞いていた。ホステス七モデル三の営業状況だが、職業欄に記入するのはあくまでモデルなのだそうだ。たしか

に、半袖の男物のTシャツに袖をまくりあげたジーンズと
いうどういうことのないスタイルがかっこよかった。

해석

루이는 모델로, 부업으로 호스티스를 하고 있다고 차 안
에서 들었다. 호스티스 7 모델 3의 영업 상황이지만, 직업
란에 기입하는 것은 어디까지나 모델이라고 한다. 확실히,
반팔 남자 티셔츠에 단을 걷어올린 청바지라는 특별할 것
없는 스타일이 멋있었다.

번역

루이는 원래 모델인데, 부업으로 호스티스 일을 한다고
오면서 들었다. 호스티스 7, 모델 3의 비율로 일하지만 직
업란에는 늘 모델로 적어넣는다고 한다. 그래서인지 남자
용 반팔 티셔츠에 청바지 아랫단을 접어올린 평범한 차림
인데도 왠지 멋있어 보였다.

— 다이라 아즈코, 『멋진 하루』(문학동네, 2004)

우리는 흔히 곧이곧대로 해석해놓고 만족한다. 단어를
하나도 버리지 않고 정확하게 옮겼기 때문이다. 해석한
문장이 어디가 이상한지 자신은 잘 모른다. '영업 상황'이

란 말이 어색하지만, 원문에 있는 단어 그대로니 별 문제가 없을 것 같다. 그러나 그것은 일본어에 너무 익숙한 역자 혼자만의 생각이다. 우리말로 읽는 독자는 당장 거부감을 느낀다. '반팔 남자 티셔츠'도 잘못되지 않았다. 그러나 번역을 보면 어디가 어색한지 느낄 것이다. "ジーンズという(청바지라는)"에서처럼 일본어에서는 "~という"라는 표현이 많은데, 굳이 "~라는"으로 번역할 필요가 없다. 그럼 뭐라고 번역하면 좋을까? 빼면 된다. 우리말에서 '청바지 차림'이라고 하지 '청바지라는 차림'이란 표현은 잘 쓰지 않는다. 이것도 비닐봉지다.

그 밖에도 비닐봉지가 몇 가지 있는데, 일본어 문장에서 엄청 많이 나오는 "~と思う(라고 생각한다)" "~に違いない(인 게 틀림없다)" "~かもしれない(일지도 모른다)" "~してしまう(해버리다)" 등의 표현도 되도록 번역하지 않고 버리는 게 좋다. 열 개 중 한두 개쯤은 꼭 써야 할 때가 있겠지만, 그 한두 개를 고를 자신이 없다면 다 버려도 별 문제는 없다. 습관처럼 쓰는 표현들이니까.

이 글을 쓰느라 모처럼 예전에 번역한 책들을 꺼내봤다. 얼굴에 불이 났다. 번역이란 게 어제 한 걸 오늘 읽어도 낯 뜨거운 법인데, 몇 년 전 작품들이니 오죽하랴. 그

동안 내 번역서를 담당했던 편집자님들이 이 글을 읽으면 "너나 잘하세요"라고 할 것 같다. 죄송합니다.

누구든 남의 번역을 보고 고치고 트집 잡는 건 참 쉬운데, 원문에 심취한 사람이 자기 번역의 문제점을 찾는 건 쉽지 않다. 그래도 며칠 뒤에 다시 보면 약간은 객관적인 시각으로 문장을 보게 된다. 아무리 그 작업이 "벗어놓은 양말 냄새를 맡는 것"처럼 괴롭더라도 처음부터 자신의 번역문을 자꾸자꾸 읽고 다듬는 습관을 들이도록 하자.

할머니는 할머니답게

　작업할 책을 받으면 마치 소설 쓸 때 등장인물이나 무대를 설정하듯, 백지에다 등장인물과 집 구조, 동네 구조를 쓰거나 그려본다. 주인공은 누구이고 가족관계는 어떻게 되며 주변 인물로는 누가 있고 각각 나이는 몇 살쯤으로 추정되며, 사는 지역은 어디이고 동네에는 어떤 특색이 있으며 어떤 집에 살고 있는지, 책에서 묘사한 대로 써놓고 도표를 만들어 정리한다. 물론 모든 책을 그렇게 하진 않는다. 특별한 기준은 없지만, 일단은 두꺼운 책과 내용이 복잡한 책 위주로 대강의 구도를 정리하는 편이다. 등장인물이 몇 명 되지 않고 행동 반경도 단순한 경우는 발단 단계만 지나면 저절로 다 꿰게 되므로 굳이 정리할 필요가 없다.

그러나 두꺼운 책이든 얇은 책이든 반드시 해야 할 일은 등장인물이 어떤 캐릭터인지 파악하는 것이다. 캐릭터에 따라 말투를 어떻게 번역할지 생각해야 하기 때문이다. 인물이 상냥한지, 쌀쌀맞은지, 무식한지, 거만한지, 고상한지, 천박한지 등등. 텔레비전이나 라디오도 아니고 글의 느낌만으로 등장인물의 성격을 표현하는 데에는 한계가 있겠지만, 아무래도 역자가 확실하게 파악하고 옮기면 인물이 살아난다. 이 사람은 깐깐한 사람이니까, 이 사람은 무던한 사람이니까 하고 감정이입이 되니 말투가 달라지게 마련이다.

사실 나도 처음부터 그런 식으로 작업을 했던 건 아니다. 처음에는 아무 생각 없이 그냥 옮겼다. 성별, 직업, 나이에 따른 분류 정도는 했지만, 그렇게 세심하게 인물 하나하나의 말투까지는 신경 쓰지 못했다. 그러다 어느 해인가 교정을 보던 분이 "할머니 말투는 할머니가 말하듯 번역하는 게 좋지 않을까요?"라고 지적을 해줬다. 순간, 눈이 번쩍 뜨이는 것 같은 느낌이 들었다. 신대륙을 발견한 콜럼버스의 심정이라고 하면 심한 과장이겠지만, 그 사소한 지적에 지난 세월 동안 얼마나 대책 없이 번역을 해왔나 하는 거창한 반성까지 하게 됐다. 번역을 시작하기 전에 등장인물의 성격을 파악하고 주인공의 주변 환경을 정리하게 된 건 그때부터였다. 하나를 가르쳐주면 열을 깨치는 총명함…… 이라고 자랑하고 싶지만, 번역한 지 십 년도 넘은 뒤의 일이어서 부끄럽기 그지없다.

사투리의 맛

　번역할 때 가장 난감한 것은 '사투리'다. 사투리를 만날 때마다 이 숙제를 어떻게 해결해야 할지 매번 고민하지만, 아직도 시원한 해결책을 찾지 못했다. 그저 그때그때 출판사 쪽은 어떻게 번역해주길 원하는지 의논하여 대처하고 있다.

　특별히 의식하지 않고 번역했던 사투리를 '몹시' 의식하게 된 것은 한 독자의 서평을 본 뒤부터였다. 오래전에 한 작업인데, 아사다 지로의 『활동사진의 여자』라는 소설에 오사카 사투리를 쓰는 청년이 나온다. 아마도 나는 그냥 표준어로 번역을 했던 것 같다. 그랬더니 서평에 "오사카 사투리가 얼마나 멋진데 그 맛을 제대로 살리지 못했다"라는 지적이 있었다.

오사카 사투리가 멋지다고 생각하는 것은 독자 개인의 느낌이니 넘어간다 치고, 과연 전라도 사투리의 맛을 일본어로 잘 살릴 수 있을까? 경상도 사투리의 맛을 영어로 살릴 수 있을까? 남의 나라 언어로 사투리의 맛을 살린다는 게 가능하긴 한 일일까?

가능한지 어떤지 모르겠지만, 어쨌거나 사투리의 맛을 못 살린 건 역자의 책임이고 역자의 능력 부족이다. 그 뒤로 사투리만 나오면 그 서평이 생각난다.

번역한 작품 중에 사투리가 심했던 책이 몇 권 있는데, 그중 최강은 아쿠타가와상 수상작인 『젖과 알』과 나오키상 수상작인 『채굴장으로』다. 『젖과 알』은 지문까지 오사카 사투리 범벅이었다. 이 책은 출판사에서 표준어로 번역해달라고 해서 별 어려움 없이 끝났다. 대사와 지문을 모두 사투리로 번역해야 했더라면 번역하는 사람이나 읽는 사람이나 인간의 한계에 도전해야 했을 듯하다.

그런데 규슈 사투리가 많이 나오는 『채굴장으로』는 표준어로 통일할 수가 없었다. 주인공이 도쿄에서 대학을 다녀 주변인들과는 표준어를 쓰고, 고향 사람들과는 사투리를 쓰는 경우였는데, 왜 그렇게 쓰는지 설명까지 하고 있으니 사투리를 사투리로 번역할 수밖에 없었다. 그럼 어느 지방 사투리로 번역하는 게 좋을까? 이런 질문을 동료 역자들에게 해봤다. 대답은 한결같이 "자신이 가장 자신 있는 사투리로"였다. 규슈 사투리를 강원도 사투리로 번역하고 싶다고 하자. 나는 강원도 사투리를 모른다. 그럼 내가 번역한 문장을 강원도 사투리에 능숙한 누구한테 의뢰하여 재번역해야 한다. 혹자는 작품을 위해서 그 정도 수고와 경비도 못 들이느냐고 할지도 모른다. 그러나 수고와 경비 문제를 떠나서 그 사투리가 우리나라 어느 지방 사투리와 느낌이 비슷한지 정답이란 게 없단 말이다. 오사카 사투리가 전라도 사투리와 비슷하다는 사람도 있고, 경상도 사투리와 비슷하다는 사람도 있다. 어느 장단에 맞춰야 하는가? 그러니 어차피 정답이 없는 것, 역자가 가장 자신 있는 사투리로 번역하는 게 옳다고 생각한다.

그래서 역자마다 선호하는 사투리가 다른데, 양윤옥 선생님은 전라도에서 대학을 나오셨기 때문에 전라도 사투리로 주로 번역하시고, 내 경우는 고향이 대구라 대부분 경상도 사투리로 번역한다. 아시다시피 경상도 사투리라 해도 지역마다 조금씩 다르다. '아니에요'라는 말을 예로 들자면, 대구 사투리로는 '아이라예', 안동 사투리로는 '아이시더', 문경 사투리로는 '아이래여'가 된다. 그래서 경상도 사투리로 번역하되 그중에서도 인물의 성격에 따라 특정 지방의 것을 쓴다.

『채굴장으로』 번역 원고를 본 담당자와 윗분들이 사투리 때문에 많이 당혹스러워하셨다고 한다. 아무래도 출판사에서는 가독성을 위해 매끄러운 표준어를 선호한다. 편집부에서 전부 표준어로 고치는 방향도 고려하는 듯했으나, 결국 여기선 어쩔 수 없이 사투리를 써야 한다는 걸 인정하고 그대로 두게 됐다. 흐음, 그런데 책으로 나오고 보니 솔직히 사투리가 거슬리긴 거슬렸다. 다음에 또 사투리가 나오는 책을 작업한다면 그때 역시 어떻게 번역할지 머리가 허옇게 세도록 고민할 것 같다.

그러니까 결국 어떻게 번역하란 말이냐고? 일단은 꼭 사투리 번역이 필요한지 불필요한지 본인이 충분히 생각한 다음, 편집자와 의논하여 결정하는 게 좋다. 그 정도는 역자가 알아서 판단할 일이긴 하지만, 역자의 괜한 고집으로 판매 지수에 영향을 미쳐서는 안 되니까 말이다.

작가를 만나다

온다 리쿠

"선생님, 온다 리쿠 씨가 국제도서전 때 한국에 오는데요, 와서 『어제의 세계』 출간 홍보도 하게 될 거예요. 도서전 때 사인회 끝나고 나서 관계자들하고 만찬을 하기로 했는데 선생님께서 꼭 와주셨으면 해요."

어느 날 걸려온 편집자의 전화. "……한국에 오는데요"까지 들었을 때 내 머릿속은 이미 무슨 핑계를 대고 안 갈까 하는 생각부터 하고 있었다. 자기가 번역한 책의 작가를 만나는 건 물론 몹시 기쁜 일이다. 나도 일대일로 만난다면 방한 소식에 기뻐했을 것이다. 그러나 그쪽 출판사 관계자들 줄줄이, 이쪽 출판사 관계자들 줄줄이 만나는 것이지 않은가. 나는 사람 많이 모이는 자리는 정말 취약하다. 연말에 출판사에서 송년회 한다고 초대할 때도 속으로 비명을 지르는 사람이다. 학교 다닐 때는 조회대 앞에 상 받으러도 못 나가는 부끄럼쟁이였다. 어른이 된 뒤로 조금 나아졌다고는 하지만, 천성이 어디 가겠는가. 여전히 다섯 사람 이상의 성인이 모인 자리를 기피한다.

이런 사람이니 그 초청이 얼마나 공포스러웠을지 짐작이 갈 것이다. 게다가 상대는 일본 사람이다. 그는 저자이고 나는 역자. 말을 해야 한다. 작품에 대한 토론도 좀 해야 역자로서 모양이 나지 않겠는가? 그러나 나는 모임 같은 데서 원래 말을 잘 하지 않는다. 저자 앞에서 말없는 역자. 아, 상상만 해도 충분히 어색하고 열없고 능력 없어 보인다. 예전에 번역한 소설, 『바다에서 기다리다』의 저자 이토야마 아키코가 왔을 때도 같은 이유로 참석하지 않았다. 나와 동갑인 이토야마 아키코. 그의 소설 정말 좋아하고 그 작품에 대해 하고 싶은 얘기도 많았건만……

이번에도 나는 이런 말도 안 되는 이유로 참석을 고사했다. 그런데 시간이 갈수록 아무리 생각해도 이건 아닌 것 같았다. 『어제의 세계』는 저자 스스로 자기 작품의 집대성이라고 표현할 만큼 대작이고, 그 작품을 홍보하러 왔는데 역자라는 사람이 맨발로 뛰어나가 환영하진 못할망정 만찬 자리 정도는 참석하는 게 예의이지 않겠는가.

눈 딱 감고 용기 내어 가자.

그렇게 결정하고 연락을 했더니 만찬 안내장 같은 걸 보내줬다. 참석자 명단에 내 이름과 함께 온다 리쿠 작품을 많이 번역한 권영주 씨 이름이 있었다. 가기로 결심하길 잘했다고 생각하며 그다음 고민을 시작했다. '작품에 대해 어떤 얘기를 심도 있게 나눠볼까?' 우아하게 이런 고민을 해야 정상이건만, 내 머릿속은 온통 '뭘 입고 가지? 옷을 한 벌 사 입어야 하나? 머리랑 화장은? 전문 숍에 가서 메이크업을 받을까? 그래도 역자인데 좀 품위 있고 고상한 차림을 해야겠지?' 하는 고민으로 가득했다.

그때, 모든 고민을 한 방에 날려준 고마운 사람이 있었다. 국제도서전에 참석하여 사인회를 연 에쿠니 가오리 씨! 명성과 다르게 옷도 별로 모양내어 입지 않고 수수한 평상복 차림이었다. 역시 작가들은 형식에 구애받지 않는구나! 그 모습을 보니 나도 자신 있게(?) 외모에 신경 쓰지 않고 갈 용기가 났다.

드디어 국제도서전이 열리는 코엑스에서 사인회 대기 중인 온다 리쿠 씨를 만났다. 헉헉거리며 도착하자마자 누군가 그리로 안내해줬다. 할 말도 미처 준비하지 못한 채 들어갔더니, 대기실에는 온다 리쿠 씨가 그야말로 품위 있고 고상한 차림으로 앉아 있었다. 짧은 단발에 작은

키에 눈이 초롱초롱 예쁜 분이었다.

"처음 뵙겠습니다. 이번에 『어제의 세계』 번역한 권남희라고 합니다."

그랬더니 온다 리쿠 씨는 몹시 반가워하며 만나서 기쁘다고 손을 잡아줬다. 책을 번역해줘서 고맙다는 인사와 함께. 나도 만나서 영광이라고, 『어제의 세계』는 참 재미있었다고 의례적인 인사를 나눈 뒤 카메라를 들고 있던 출판사 분의 지시대로 기념사진을 찍고 나왔다. 곧 시작될 사인회를 앞두고 정신없는 타이밍이었던지라 차분히 대화를 나눌 분위기가 아니었다. 천만다행이었다. 출판사 북폴리오와 고단샤의 높은 분들이 지켜보는 가운데 더 긴 대화를 나누었더라면 긴장해서 숨넘어갔을지도 모른다.

잠시 온다 리쿠 씨에 대해 설명을 하자면, 나보다 두 살 연상인 1964년생으로 독신이다. 보험회사에 다니다가 나이 서른일곱에 약간 늦은 데뷔를 했지만, 독특한 소설 세계가 워낙 중독성이 강하여 짧은 시간에 인기 작가 대열에 합류했다. 우리나라에서도 첫 작품 『밤의 피크닉』이 소개된 이후로 다음 작품들이 속속 나오면서, 순식간에 엄청난 온다 리쿠 마니아들이 형성됐다. 다작을 하는 탓에 아무래도 작품 수준이 고르지 않다는 단점은 있지만 그의 소설 세계, 이른바 '온다 리쿠 월드'에 한번 빠지면

헤어날 수 없는 매력이 있다. 대부분 장르소설인지라 이런 소설을 싫어하는 사람들은 아주 싫어하기도 한다. 호불호가 극명하다고 해야 하나. 내가 번역한 그의 작품으로는 『밤의 피크닉』『보리의 바다에 가라앉는 열매』『황혼녘 백합의 뼈』『불안한 동화』『어제의 세계』 등이 있는데, 초기작인 『불안한 동화』 빼고는 온다 리쿠 소설 중에서도 특히 독자들에게 반응이 좋은 작품들이다. 온다 리쿠 월드에 입문하고 싶은 분들께 자신 있게 추천한다.

온다 리쿠 씨의 사인회는 대성황이었다. 어마어마하게 길게 줄을 선 사람들을 보고 그의 인기를 새삼 실감했다. 그날 중에 다 할까 싶었지만, 자신의 이름만 사인해줘서 300명 가까운 사람들의 줄은 한 시간도 채 못 돼 사라졌다.

사인회가 끝나고 고급 음식점에서 만찬이 시작됐다. 앞에는 고단샤의 한국통인 호리에 씨와 에이전시에서 나온 통역 담당자, 그리고 그 옆에 온다 리쿠 씨와 고단샤 임원들이 앉았다. 내 왼쪽에는 권영주 씨, 오른쪽에 모 일보 기자님, 북폴리오 높은 분들, 에이전시 분들, 『어제의 세계』 담당 편집자 두 분, 그리고 인터넷에서 최고의 온다 리쿠 독자로 뽑혀서 온 두 분이 있었다. 그중 한 여고생은 무려 부산에서 올라왔다고 해서 모두를 감탄하게 했다. 그 어색한 만찬에서 여고생답게 온다 리쿠에 대한 사랑을 유감

없이 표현하여 좌중을 즐겁게 해주기도 했다. 온다 리쿠 씨와 고단샤 사람들도 자기네들끼리 귀여운 그 독자 칭찬을 많이 했다.

만찬 인사에서 온다 리쿠 씨는 무엇보다 자신의 책을 번역한 역자들을 만나는 건 처음이어서 아주 기쁘다고 말했다. 식사를 하는 동안 대화라도 좀 나누면 좋았겠지만, 테이블이 넓어서 바로 앞자리 사람과도 큰 소리로 말을 해야 했던 터라 목소리가 작은 나로서는 대화를 시도할 엄두가 나지 않았다. 무슨 화제인가 나오다가(아마도 『밤의 피크닉』도 내가 번역했다는 자랑을 한 뒤인 듯), 온다 리쿠 씨가 내게 "번역 작업할 때 작품을 선별해서 하세요?"라는 질문을 했다. 나는 "그렇지도 않아요"라고 웃으며 짧게 대답했다. 편집자와의 친분으로 마음에 들지 않는 책도 번역할 때가 있다는 말을 했으면 좋았겠지만, 시선이 집중되는 자리에서 억양도 안 좋은 일본어를 하자니 쑥스러웠다. 그래도 명색이 역자이니 살포시 질문을 하나 던졌다. "혹시 역자 후기를 읽으세요?"라고. 그랬더니 번역해주는 사람이 없어서 읽지 못한다고 했다. 식사 시간에 우리의 대화는 그게 전부였다. 그날 나의 콘셉트는 과묵한 여자였다(……라고 하기에는 한국말이 통하는 주위 사람들과는 수다를 많이 떨었구나).

참석 인원이 열일곱 명이었던가. 우리 쪽 자리는 앞에서 말한 고단샤의 한국통 호리에 씨가 한국말을 유창하게 해서 모두 한국어로 떠들며 재미있게 저녁을 먹었지만, 전체적으로는 부자유한 언어 소통 탓에 아무래도 어색하고 경직된 분위기였다.

식사를 다 마쳤을 즈음, 나와 영주 씨는 각자 준비한 선물을 온다 리쿠 씨에게 전달하고 사인을 받았다. 나는 딸 정하의 이름을 적은 노트를 내밀며 중학생인 딸이 온다 리쿠 씨의 팬이라고 딸에게 사인을 해달라고 부탁했다.

식사 마치고 나오는 길에 드디어 온다 리쿠 씨와 나란히 계단을 내려오게 되어 사적인 얘기를 나눌 수 있었다. 그의 고향이 센다이여서 센다이 얘기도 나누고, 요즘은 무슨 작업 하느냐고 묻기에 덴도 아라타의 『애도하는 사람』을 하고 있다고 대답해줬다. 『애도하는 사람』은 『어제의 세계』와 같이 제140회 나오키상 후보에 올랐다가 수상한 작품이다. 그런 만큼 뭔가 한마디 할 줄 알았는데, 그러냐며 그냥 끄덕거리고 말더라.

작가와의 첫 만남이었지만, 독신인 온다 리쿠 씨는 그냥 이웃집 아는 언니처럼 편안했다. 그렇게 참하고 평범해 보이는 사람이 어떻게 그런 장르소설을 쓰는지 신기할 정도였다. 아, 그러나 아무리 편안한 사람이어도 작가와의 만남은 여전히 부담스럽다.

오에 겐자부로

도쿄 미타카시에서 신혼 시절을 보낼 때의 일이다.

시청에서 헌법기념일을 맞아 '오에 겐자부로 강연회'가 열렸다. 헌법기념일과 오에 겐자부로가 무슨 관련이 있는지는 모르겠지만, 오에 겐자부로는 전년도인 1994년에 노벨문학상을 받아 한창 일본에서 영웅 대우를 받고 있었다. 이런 기회가 아니면 언제 노벨문학상 수상자를 볼 수 있으랴 싶어서 꼭 가야겠다고 마음먹었다. 아무나 갈 수 있는 건 아니고, 참가 희망 엽서를 보내 당첨돼야 갈 수 있었다. 나는 남편 것까지 두 장을 보냈는데 나만 뽑혔다. 그런데 공교롭게 강연회를 하는 날은 임신 9개월째였던 내가 출산을 하러 서울에 가기 전날이었다. 두 달이나 떨어져 있어야 하는 남편과 함께 있어야 하나, 두 시간이나 하는 강연회를 들어야 하나 갈등하다 결국은 오에 겐자부로를 택했다. 그때 강연회장까지 데려다주며 남편이 한 말, "나는 앞으로 평생 볼 수 있지만, 오에 겐자부로는 지금 못 보면 평생 못 볼지도 모르잖아." 풉! 몇 년 뒤의 미래를 모르는 어리석은 중생들이지요, 예.

오에 겐자부로를 한마디로 정의한다면 그는 일본인이

아니고 '세계인'이다. 그의 마음속에는 국경이 없다. 그 세대 사람답지 않게 체격도 크지만, 그릇 또한 보기 드물게 크다. 진심으로 존경심이 우러나는 사람이다. 비록 그의 소설은 내 취향과 멀어서 한 권을 채 읽지 못했지만 말이다. 언젠가 오에의 소설 번역 의뢰가 들어온 적이 있는데, 스케줄이 맞지 않아서 못 하게 됐다. 보통 그런 경우 몹시 아까워하는데 오에의 경우는 안도의 한숨이 나왔다. 나는 오에 겐자부로의 소설을 잘 번역할 자신이 없다. 어렵기도 하거니와 성향이 맞지 않다. 그런데 그의 강연은 소설과 달리 정말 재미있었다. 두 시간이 20분처럼 느껴질 정도였다. 사람들은 계속 웃느라 정신이 없었다. 정말 최고의 강연이었던 그때 들은 이야기 중 몇 가지를 모아봤다.

이야기 1

나는 깡촌에서 소학교를 다녔는데 선생님이 곧잘 학생들에게 이런 질문을 했습니다.

"천황 폐하가 너한테 할복을 하라고 하시면 너는 어떻게 할 거냐?"

그러면 친구들은,

"예! 그 자리에서 할복하겠습니다!"

이렇게 대답했습니다. 그것이 선생님이 원하는 대답이

었기 때문이지요. 하루는 선생님이 내게도 물었습니다.

"오에 겐자부로, 천황 폐하가 너한테 할복을 하라고 하시면 너는 어떻게 할 거냐?"

나는 대답을 하기 위해 잠시 생각에 잠겼습니다.

'이런 산골에 천황 폐하가 과연 행차하실까? 그런데 오신다고 해도 나를 어떻게 알고 할복을 하라고 하실까?'

그런 생각을 하고 있는데 느닷없이 주먹이 날아들었습니다. 그리고 그날 나는 선생님한테 먼지 나도록 맞았습니다. 천황 폐하에 대한 충성심이 없다는 이유였지요.

이야기 2

얼마 전에 애틀랜타 문화올림픽에 다녀왔습니다. 제 어머니는 옛날부터 동네 사람들 모아놓고 이야기하는 걸 좋아하시는데, 제가 거기 가 있는 동안 동네 사람들한테 이런 이야기를 했다는군요.

"우리 겐자부로는 걸음이 느려 달리기도 못하는데 글쎄 애틀랜타 올림픽에 나갔다네. 그 애 나이도 이제 예순인데 잘 뛰려나 모르겠어."

이야기 3

애틀랜타 문화올림픽에서 내가 머물렀던 호텔에는 세

계 각국의 귀빈들이 다 머물고 있었습니다. 한번은 엘리베이터를 탔는데 어떤 이와 같이 타게 됐죠. 물론 서양인이었습니다. 왜 서양인들은 모르는 사이여도 인사를 하지 않습니까? 그래서 가만히 있기 멋쩍어 인사를 하려고 짧은 영어를 막 생각하고 있는데 그 사람이 먼저 말을 걸었습니다.

"너 나 아니?"

아하, 그러고 보니 그이는 바로 미국의 카터 전 대통령이었습니다. 그래서 대답했지요.

"나 너 알아. 너 카터잖아."

그랬더니 "맞아!"라고 하더군요.

엘리베이터가 아직도 올라가고 있어서 내가 물었습니다.

"넌 나 아니?"

그 사람이 대답하더군요.

"아이 빌리브 아이 노우 유."

하지만 내릴 때까지 내 이름을 말하지 않는 걸 보니 아마 카터 씨도 94년도 노벨문학상 수상자가 누군지 모르는 것 같습니다.

이야기 4

오늘은 헌법기념일이지요. 나는 어릴 때부터 헌법을 좋아했습니다. 소학교 6학년 때 처음 헌법이 제정됐는데 나는 그것이 얼마나 좋던지 날마다 읽고 또 읽어 나중에는 줄줄 외울 정도였답니다.

내게는 형이 한 명 있는데 공교롭게도 내 소학교 동창하고 결혼을 했지 뭡니까. 동창생이 형수가 된 셈이지요. 그런데 자주 부부 싸움을 하더군요. 부부 싸움이라고 하지만, 일방적으로 형이 형수를 괴롭히거나 손찌검까지 하는 형편이었습니다. 하루는 또 형수에게 손찌검을 하고 있기에 보다 못해 형에게 말했지요.

"형, 헌법 제21조에 보면 남녀는 평등하다는데 형은 법을 어기고 있는 거……"

말이 채 끝나기도 전에 형한테 죽도록 얻어터졌습니다.

이야기 5

우리 아들 히카리는 어릴 때 피아노를 치고 나면 그 곡이 마음에 드는지 혼자서 피아노에게 자주 말을 걸었습니다. "너는 참 좋은 소리를 가지고 있구나"하면서 말입니다. 그래서 하루는 아들놈에게 그랬습니다.

"그러지 말고 히카리도 히카리라는 이름이 있듯이 피아노한테도 이름을 지어주면 어떨까?"

그러자 아들놈의 대답이 걸작이었습니다.

"피아노한테 무슨 이름을 지어줘요."

211

지적장애가 있는 아들 히카리를 노벨문학상 시상식에
까지 데리고 갔던 아버지 오에 겐자부로. 아들을 자랑스
럽게 데리고 다니는 모습을 텔레비전에서 종종 볼 수 있
었다.

근엄하고 무뚝뚝해 보이는 이미지와 달리 입만 열면 빵
빵 터지는 오에 아저씨의 유머. 어느 날 방송에서 오에의
매부인 영화감독이 출연하여 이런 이야기를 했다.

"오에 겐자부로 씨는 주변에서 재미있는 이야기를 들으
면 항상 바로 메모를 합니다. 그래서 왜 그러느냐고 물었
더니 사람들이 모두 자신을 무섭게 보기 때문에 분위기를
부드럽게 하느라고 미리 우스갯소리를 준비하는 거라고
하더군요."

그런 노력 덕분인지 그의 고급 유머는 개그맨 뺨칠 정
도였다. 언젠가 꿋꿋한 인내심으로 그의 소설 한 권쯤 끝
까지 읽어봐야 할 텐데……. 읽다 만 원서가 몇 권인지 모
르겠다.

작가에게 메일 쓰기

어느 신문과의 인터뷰에서 종종 작가에게 메일을 쓰기도 하느냐는 질문을 받고 속으로 엄청 뜨끔했다. 그때 무슨 말로 구렁이처럼 담을 넘어갔더라? 아마도 하고 싶은 말을 마음대로 구사할 수 있는 일본어 실력이 되지 않기 때문에 쓰지 않는다고 솔직히 말했던 듯하다. 다행히 기자분은 내 대답에 공감한다는 표정으로 끄덕거려줬다. 그리 공감이 가는 대답은 아니었을 텐데, 배려 깊은 기자님이었다.

형식적인 메일이라면 어차피 틀에 박힌 문구들이니 상관없지만, 마음을 담은 구구절절한 메일은 완벽하게 쓸 자신이 없다. 만사 생각이 앞서가고 걱정을 사서 하는 이 소심쟁이는 작가가 행여나 역자의 일본어 실력에 실망할까 봐 메일을 쓰지 않는다. 굳이 메일을 써야 할 일도 없었지만 말이다(실제로 동료 역자들에게 물어봐도 작가에게 편지 쓰는 일은 별로 없다고 한다). 딱 한 명의 작가에게 메일을 쓴 적이 있는데 그때는 이렇게 덧붙여 썼다.

"그래도 한국어는 잘하니 번역에 대한 걱정은 하지 마셔요. ^^"

그 작가는 미우라 시온이다. 그 메일마저도 내가 쓰고 싶어서 쓴 메일이 아니고, 출판사에서 부탁해서 쓴 것이다. 작품의 판권을 부탁하는 내용이었다. 이 출판사가 얼마나 훌륭하고 책을 잘 만들며 마케팅을 잘하는 곳인지를 설명해주고, 이 출판사에서 당신의 책이 나온다면 정말 잘 팔릴 것이라는 내용을 쓰면 되는 거였다.

마음이 담긴 메일을 선호하는 나로서는 업무적인 내용만 전달하는 게 싫었다. 그래서 내가 번역한 미우라 시온의 작품 얘기로 시작해, 나는 정말 당신 작품에 반했다(이건 사실이다), 이러이러한 문장들은 진짜 멋있더라, 아무개가 아무개를 만나는 장면은 감동이었다, 대단한 발상이다 등등 과하지 않게 솔직한 소감을 얘기했다. 그런 다음 당신의 작품을 꼭 내고 싶어 하는 출판사가 있다, 이 출판사는 이러이러한 곳이어서 당신의 책을 더욱 빛내줄 거라 믿는다, 출판사 선정할 때 참고해주기 바란다…… 하고 빙 둘러서 판권 계약을 부탁하는 얘길 했다. 메일의 목적이 그것이었음에도, 그냥 메일 쓰는 김에 얘기한다는 듯이 말이다.

그렇게 장문의 메일을 써서 일본에 사는 지인에게 감수를 받은 다음, 소속 에이전시로 메일을 보냈다. 에이전시 담당자는 친절하게 답장을 해줬다. "메일 고맙습니다. 미우라 시온에게 잘 전달했습니다"라고. 하루 이틀 뒤에 미우라 시온에게서 긴긴 답장이 왔다. 흑…… 시온, 당신도 나와 같은 과군요. 형식적인 걸 싫어하고 마음이 담긴 메일 쓰기를 좋아하는 것.

미우라 시온은 역자에게 메일을 받는 게 처음이어서 정말 기쁘고 떨리고 신기하다고 했다. 그러면서 『마호로 역다다 심부름집』을 좋아해줘서 고맙다며, 마호로 역은 가상의 이름이긴 하지만 실제로 자기가 사는 동네의 역(마치다 역이었던가?)을 모델로 한 것이라고 했다. 그러고 보니 마치다 역에 가본 적이 있는데, 마호로 역 주변에 대한 설명과 딱딱 맞아떨어졌다. 그리고 자신은 외국어를 못하기 때문에 번역하는 분들 정말 훌륭하다고 생각한다면서, 권남희 선생님은 대단하다는 등의 얘기까지 주절주절 길게 썼다. 그리다 판권에 대해서는 "출판사 이름의 뜻이 좋네요"와 "참고하겠습니다" 정도의 언급? 처음으로 작가와

주고받은 메일인데 남아 있지는 않다. 내가 워낙 기록하고 저장하는 습관이 없어서 말이다. 소설 문체와 똑같은 느낌이 나는 그 메일 참 좋았는데.

내가 보낸 메일과 받은 메일을 번역하여 출판사에 보내줬다. 역시나 직접적으로 간곡하게 청을 하지 않아서 다소 실망하셨다는 후문이다(그러게, 그게 역자가 할 일이 아니었어요, 흑).

그런데 간절히 원했던 그 판권은 메일을 보내기 전에 이미 결론이 났었는지, 머잖아 다른 출판사에서 출간됐다. 다행히(?) 잘나가지 않았다(이거 무슨 놀부 마누라 심보람).

한국어만큼 자유롭게 일본어를 구사한다면 꼭 메일을 쓰고 싶은 작가가 있긴 하다. 바로『애도하는 사람』의 작가인 덴도 아라타 씨다. 이유는 잘생겼기 때문에(푸하하).『애도하는 사람』이 얼마나 나의 심금을 울렸는지 얘기하고 싶고, 인터뷰에서 보니 그 책의 한국 독자들 서평을 조금이라도 읽어보고 싶다고 하던데 그 서평을 보여주고 싶다. 그러나 일본어를 한국어처럼 능숙하게 구사할 날이 과연 오려나.

후기에 담긴 사연

　번역 초기에는 역자 후기 쓰는 게 정말 좋았다. 내 이름 석 자가 박힌 책이 나오는 것만도 영광인데, 글까지 쓸 수 있다니! 번역이 아닌 내 글을 쓸 수 있는 공간이 있다는 사실이 감격스럽기 그지없었다. 무지했던 나는 역자 후기란 걸 잡지 기자들이 마감 소감 한마디 쓰는 페이지 정도로 생각했다. 번역하면서 느낀 소감 몇 글자 쓰는 곳으로 말이다. 그렇게 역자 후기에 대한 개념이 없던 초기에는 개인적인 주절거림이나 멋 부린 문장들이 많다. 지금 보면 미치도록 낯 뜨겁다. 어째서 그 시절에는 그걸 읽고 지적해주는 사람이 아무도 없었을까. 오히려 역자 후기 좋더란 말을 많이 들어서 한동안 역자 후기라기보다 '마감 소감' 후기는 계속됐다.

그런데 차츰 책에 내 이름이 있는 게 신기하지도 않고, 역자 후기에 대한 개념도 생기고, 권수가 많아져 책이 출간되는 것에 무감각해지면서 점점 역자 후기 쓰기가 부담스러워졌다. 아휴, 또 뭐라고 써야 하나. 역자 후기 없는 책 좀 없나. 나뿐 아니라 동료 번역가들도 역자 후기 쓰기는 부담스러워한다.

역자이기 전에 독자 입장에서 보면 역자 후기 없는 책은 왠지 독자에 대한 예의가 없어 보인다. 작품에 대해 설명이라도 좀 해줘야 하지 않아? 번역한 책에 대한 소감 한 줄 쓰는 게 그렇게 힘들어? 뭐 그런 느낌이 든다고나 할까. 그렇지만 역자는 후기 쓰기가 정말 괴롭다. 쓰기로 마음먹는다고 일필휘지로 써지는 게 아니라(간혹 그런 작품도 있지만), 보통 며칠을 끙끙거려야 한다. 어떤 책은 일주일이 지나도 안 써질 때가 있다. 타임 이즈 머니인 우리한테는 그 시간이 또 아까운 거라. '아, 이 시간에 번역을 했으면 얼마를 더 벌었을 텐데' 하는 생각이 든단 말이지. 원고지 10매 남짓한 역자 후기를 일주일에 걸쳐서 쓴다고 생각해보라. 가계를 짊어진 가장의 등에 식은땀 흐른다. 독자들이 읽을 때는 서점에서 선 채로 간단히 훑어볼 정도의 분량에 대수롭잖은 글인데, 안 써질 때는 그렇게도 안 써진다.

도저히 안 써져서 일단 역자 후기는 나중에 보내기로 하고 원문 번역만 보낼 때가 있다. 이런 경우! 나중에 출판사에서 번역료 정산할 때, 힘들게 써서 보낸 역자 후기를 계산해주지 않는 일이 왕왕 생긴다. 아마도 원고를 받자마자 결제를 올리기 때문에 그러리라 생각한다. 얼마 전에 동료 몇몇이 모였을 때도 누군가 이런 얘기를 했다.

"몇만 원 되지도 않는 걸 달라고 하기도 그렇고, 몇 장 안 되지만 그거 쓰느라 며칠을 보낸 걸 생각하면 그냥 넘어가기도 아깝고 말이지."

그렇다. 번역가들이라면 누구나 한 번쯤 경험해봤을 잔잔한 딜레마다. 검토서나 역자 후기 같은 경우, 고료는 몇 푼 안 되지만 시간은 많이 소요된다. 그런데 출판사에서 챙겨주지 않으면 차마 달라는 말 하기가 뭣하다. 검토서는 그렇다 치더라도, 역자 후기는 무슨 탕수육에 만두 끼워주듯 번역할 때 서비스로 끼워주는 것이라고 생각하는지, 정산에 넣어주지 않을 때가 있다. 그래서 나는 역자 후기 때문에 마감이 며칠 늦어지더라도 되도록 같이 써서 보낸다. 그 잔잔한 딜레마 속에서 격렬하게 갈등하기 싫은 것이다. 어떤 번역가 선생님은 원고 끝에 총 원고 매수와 역자 후기 몇 매 예정이라고 써서 보내신다고 한다. 그것도 좋은 방법인 것 같다. 그런데 차마 따라 하지 못했다.

신성한 원고 뒤에 돈 계산하는 것 같아서 왠지 꺼려졌다 (아직도 우아를 떨고 계시는). 그러나 후배들에게는 그 방법을 추천하고 싶다. 편집자들에게도 그게 더 계산하기 편할지 모른다.

역자 후기에는 주로 작가 소개나 작품 설명, 책에 대한 찬사를 쓴다. 그러나 내가 번역한 책이 다 좋은 책이거나, 다 사랑스러운 책이거나, 다 수준 높은 책은 아니다. 개중에는 극히 드물긴 하지만, 출판사는 왜 이런 책을 계약했을까 하고 짜증 내며 번역하는 책도 있다. 그렇지만 역자 후기에 그런 감상을 솔직하게 써서, 큰돈 투자하여 책을 만든 출판사를 곤혹스럽게 할 순 없지 않은가. 책에 대한 솔직한 느낌을 쓸 수 있는 것은 검토서밖에 없다. 검토서에 별로라고 썼는데 출판사에서 계약한 경우는 한 번도 없었다.

그래도 제법 '짬밥'이 생겼다고, '이 책은 좀 읽기 힘들지도 모릅니다' 하는 뜻을 이렇게 우회해서 쓴 적은 있다.

수상자의 경력만큼이나 화제가 된 것은 『젖과 알』이란 작품의 난독성과 그녀의 문체다. 한 문장이 짧으면 반 쪽, 길면 두 쪽이다. 행갈이도 전혀 없다. 그 기나긴 문장을 쉼표로만 이어간다. 그러나 쉼표를 찍어야 할 곳에 안 찍기도 하고, 쓸데없는 곳에 남발하기도 한다. 대사에 큰따옴표가 없다. 없애기로 통일했는가 하면 있을 때도 있다. 결정적으로 모두 오사카 사투리다. 일본 독자들조차 읽기 어렵다고 불만의 소리가 높다. 어떤 리뷰에는 "이렇게도 철저히 독자를 무시한 소설은 처음"이라는 표현까지 있다. 친절하지 않은 소설인 것은 사실이다.

(중략)

참 재미있는 소설은 아니지만, 독특한 경력을 가진 작가의 독특한 소재와 독특한 문체를 음미하며, 문학성이 뛰어난 신인들에게 수여한다는 아쿠타가와상의 무게를 가늠하는 것도 의미 있을 듯하다.

—가와카미 미에코, 『젖과 알』(문학수첩, 2008)

제138회 아쿠타가와상 수상작이었던 『젖과 알』의 역자 후기다. 독자에게 드린 나의 이런 깨알 같은 힌트와 관계없이 "달필과 숨찬 문체, 사랑스러울 정도의 카타르시스"라는 띠지의 카피가 재미있다. 아, 그렇다고 『젖과 알』이 신통찮은 소설이란 얘긴 절대 아니다. 자그마치 아쿠타가와상 수상작인데 그럴 리야 있겠는가. 다만 자국의 독자들까지 읽기 힘들어한 이런 실험작을 우리나라 독자들은 어떻게 받아들일지 걱정스러웠을 뿐이다.

다음에 소개하는 몇 편의 역자 후기들은 잘 쓴 후기라기보다 내가 좋아하는 책들의 후기다.

『고흐가 왜 귀를 잘랐는지 아는가』를 번역하는 동안의 일이었다.

한 여자아이가 사랑에 빠져 힘들어했다.

언제 이 사랑의 끝이 올까 불안하다는 것이다.

나는 그 아이에게 막 번역한 『고흐가 왜 귀를 잘랐는지 아는가』의 내용 일부를 들려주었다.

"파일럿의 가장 큰 불안은 비행기가 추락하면 어떡하나 하는 것이다. 알코올을 많이 하는 사람의 가장 큰 불안은 알코올중독자가 되면 어떡하나 하는 것이다. 그러나 파일럿은 실제로 비행기를 추락시킴으로써, 알코올을 많이 하는 사람은 실제로 알코올중독자가 됨으로써 그 불안에서 벗어날 수 있다."

번역이 끝날 즈음에 여자아이는 불안에서 벗어나기 위해 사랑을 끝냈다고 이야기해주었다. 탈고를 하는데 왠지 눈물이 났다. 그녀의 사랑이 슬펐다.

호랑이를 잡기 위해서 호랑이굴에 들어가는 것과 불안을 떨치기 위해 불안 속에 몸을 던지는 것은 의미가 다르다. 『고흐가 왜 귀를 잘랐는지 아는가』를 읽은 독자들이

후자의 어리석음을 범하는 불상사가 없기를 간절히 바란다. 아마 무라카미 류는 불상사에 대한 책임을 회피하려 할 것이다.

　　　—무라카미 류, 『고흐가 왜 귀를 잘랐는지 아는가』(예문, 2004)

이게 바로 '마감 소감'을 쓰던 초창기 후기다.

몇 년 전, 어느 독자가 도서관에 가서 『고흐가 왜 귀를 잘랐는지 아는가』를 빌려 읽었다며 메일을 보냈다.

"재미있게 잘 읽었는데요, 290쪽이 찢겨나갔어요. 이야기가 끝난 건가요, 안 끝난 건가요?"

290쪽은 역자 후기였다. 별로 특별하지 않은 질문인데 한참을 생각했다. 왜 그 페이지가 찢겨나갔을까? 두 가지 사실을 유추해봤다. 첫째, 책을 들고 화장실에 가서 대사를 치렀으나 휴지가 없어서 만만한 역자 후기를 찢어 뒤처리를 했다. 둘째, 역자 후기가 몹시 마음에 들어서 두고두고 간직하려고 누군가 찢어갔다.

나는 속 편하게 후자라고 생각하기로 했다. 당시에 지인들에게 제법 칭찬을 들었던 기억이 있어서 말이다. 그런데 오늘 이 글을 쓰느라 오랜만에 책을 꺼내서 읽어보고는, 열 손가락이 오그라들고 뒷목이 뻣뻣해지고 얼굴이 화끈거려 미칠 뻔했다. 창피한 역사도 역사고 닭살 돋는 기록도 기록이니, 이렇게 쓰긴 한다만…….

여기 실린 여덟 편의 단편들은 마치 타인을 통해 내 삶을 구경하는 듯한 느낌이 듭니다. 그래서 아픈 모습에 같이 아파하고, 슬픈 장면에 같이 슬퍼하다 보면, '아, 나뿐만 아니라 타인도 그렇구나' 하는 위로와 함께 희망이 생기면서 한 편의 이야기는 끝이 납니다. 마치 짧은 영화를 연작으로 보는 것 같습니다.

아사다 지로는 이 책에서도 어김없이 그의 글을 읽는 이들에게 살아볼 만한 세상이구나, 하는 희망을 전해주고 있습니다. 아름다운 사람입니다.

교정지를 받아들고 "정하야, 연필 한 자루 갖다줄래?" 했더니, 딸은 굴러다니는 연필들도 많은데, 굳이 자기가 아끼는 새 연필을 깎아다주었습니다. 무언으로 엄마에게 보내는 응원이었는지, 번역이란 작업에 대해 나름대로 갖는 경건함인지 알 수 없지만, 아사다 지로를 처음 읽던 날, 제 손바닥만큼 휴지를 뜯어서 눈물을 닦아주던 꼬맹이가 벌써 이렇게 컸구나, 하는 생각에 뜬금없이 아사다 지로 표의 감동이 솟구쳐올랐습니다.

—아사다 지로, 『산다화』(문학동네, 2005)

아사다 지로는 『천국까지 100마일』이라는 작품을 번역하면서 처음 만났다. 일본소설을 읽으면서 그렇게 펑펑 운 것은 아마 그 책이 유일할 것이다. 그때 다섯 살이었던 정하는 휴지를 한 토막씩 잘라와 눈물을 닦아주면서, 그 책이 그렇게 슬프냐며 책을 들여다봤다. 울면서도 속으로 '네가 본다고 아냐?' 싶어서 웃음이 났다.

『천국까지 100마일』은 눈물 콧물 범벅을 하고 읽었다면, 『산다화』는 처음부터 끝까지 흐뭇한 미소를 지으며 읽었다. 아마 세상에서 제일 착한 여자의 얼굴을 하고 책을 읽고 있었으리라. 아사다 지로의 단편은 한 편 한 편이 장편 버금가는 감동을 준다. 그의 글을 읽다 보면 내일부터 나도 착한 사람이 될 것 같고, 이 풍진 세상이지만 씩씩하게 살아야지 하는 의욕이 불끈불끈 솟아오른다. 그의 모든 책이 그러하진 않겠지만, 적어도 『산다화』는 그렇다. 이 책은 내가 지인들에게 즐겨 선물하는 몇 안 되는 책 중 한 권이기도 하다. 작품이 훌륭한 데다 표지까지 참해서 말이다.

죽음에 대해 병적인 공포심을 안고 있던 소설가 다카니시는 아마존 탐험대에 참가하고 온 뒤로 죽음을 찬미하고 동경하게 된다. "생일은 마음대로 정하지 못했지만 제

삿날쯤은 자기 마음대로 정해야 되지 않아?"라고 하며 그는 한때 그렇게 두려워하던 죽음을 '음미'하며 자살한다. 고양잇과의 짐승들을 그 무엇보다 무서워하던 어떤 교수는 사파리 파크를 찾아가 백호 앞에 벌렁 드러누워 그들에게 몸을 맡긴다. 아들을 잃고 난 후 남은 딸마저 잃게 될까 병적으로 불안에 떨던 여자 카메라맨은 기차가 지나가는 선로에 딸을 던지고 자신도 뛰어든다.

희한한 방법으로 스스로 목숨을 끊은 이들의 공통점은 모두 아마존 탐험대에 같이 참가했던 멤버들이라는 것. 과연 그들은 아마존에서 무슨 일이 있었기에 자신들이 가장 두려워하던 것을 기꺼이 택하여 행복하게 죽어갔을까?

(중략)

작가 기시 유스케는 평소의 박학다식한 그답게 의학, 기생충학, 에이즈, 증권, 컴퓨터 게임, 그리스 신화, 환경오염, 바둑, 장기 등등 각 방면에 걸친 전문적인 지식을 이번 작품에서도 곳곳에 안배하고 있다. 그래서 어렵다. 이렇게 손에서 잠시도 놓을 수 없을 만큼 재미있는 책이 아니었더라면, 솔직히 그 무지막지한 지식의 양에 기가 질려 다음 장을 넘기기 힘들었을지도 모른다.

원고지 2000매 가까운 분량에다 번역하는 시간만큼 공부하는 시간이 필요했던 작품이라 작업이 끝나면 기진맥진 나가떨어질 것 같았는데, 막상 끝내고 나니 비어 있던 광에 곡식을 가득 채워 넣은 듯 마음속이 꽉 찬 느낌이다. 선충들의 소행으로 툭툭 불거져 나온 돌기처럼, 내 몸에도 삶에 대한 의욕이 여기저기서 불쑥불쑥 튀어나오기라도 한 걸까? 다 읽을 때까지 감탄사가 끊이지 않을 정도로 훌륭한 작품이었다. 후기를 읽고 있는 당신이 처음부터 차례대로 여기까지 읽어 내려왔다면 아마도 나의 감탄에 공감하리라.

—기시 유스케, 『천사의 속삭임』(창해, 2007)

이 책은 정말 좋은 소설이고, 좋아하는 소설이고, 볼 때마다 짠한 소설이다. 센다이에 살 때 작업을 시작하여 서울에 와서 마쳤다. 그사이에 있었던 일들은 앞에서도 얘기가 나오지만, 내게 흐른 시간들 중 가장 아픈 시간이었다. 그런 상황에서도 하루도 쉬지 않고 작업한 책이어서 더욱 애틋하다. 후기를 쓸 때 그런 개인적인 이야기를 몇 마디 썼지만, 교정지가 왔을 때 뺐다. 더러 후기 쓸 때 감정이 격해져서 걸러지지 않은 단어를 마구 늘어놓을 때가 있다. 다행히 교정지가 올 때쯤엔 정신을 차려서 얼른 지워버린다. 이미 이 책도 인생의 격동기에 번역한 책이어서 할 말이 많았을 것이다. 정신적으로든 경제적으로든 큰 힘이 되어줬던 고마운 책이다. 그리고 개인적인 사연과 별개로 훌륭한 소설이었다.

처음 만나는 작가인데도 그 문장들이 마치 내가 쓴 것처럼 익숙하다. 시종일관 '맞아 맞아' 끄덕거리며, 쿡쿡 웃으며 공감하는 사이 어느새 마지막 페이지다. 고급 음식일수록 양이 적던가. 아껴 읽을걸 하는 후회가 밀려들었다.

어려운 단어 하나 없는, 기교조차 부리지 않은 평범한 문장이지만 아주 독특한 맛이 난다. 희한한 재주다. 이토야마 아키코 씨가 2003년 데뷔하던 해부터 내리 세 번씩이나 아쿠타가와상 후보에 올랐으며, 확실한 차기 아쿠타가와상 수상자로 지목되고 있는 작가라는 사실은 책을 읽고 난 뒤에야 알게 됐지만, 거기에 대해 절대 이의를 달 수 없겠다고 생각했다.

『막다른 골목에 사는 남자』는 가와바타 야스나리 문학상 수상작이자, 2005년 일본서점대상을 받은 작품이기도 하다. 말하자면 발표하는 작품마다 아쿠타가와상 후보에 오르거나 수상을 했다. 이 작가, 삼십 대 후반에 등단하여 그야말로 내딛는 걸음걸음 화려한 족적을 남기고 있다. 작가와 동갑인 역자도 덩달아 어깨에 힘이 들어간다.

(중략)

첫눈에 반하는 기분이 이런 것일까. 이토야마 아키코 씨의 작품을 만난 기쁨은 상당히 오래갈 것 같다. 그녀가 앞으로도 더 많은 작품으로 독자들을 즐겁게 해주길 기대해 본다.

—이토야마 아키코, 『막다른 골목에 사는 남자』(작가정신, 2005)

이토야마 아키코의 소설을 참 좋아한다. 『막다른 골목에 사는 남자』도 그렇고 『바다에서 기다리다』도 그렇고, 동갑내기 여성 작가여서인지 정서도 비슷하고, 곳곳에서 터지는 유머 코드와 미사여구 없는 담백한 글이 딱 내가 좋아하는 스타일이다. 잘 쓴 소설을 읽을 때마다 드는 충동이긴 하지만, 이 작가의 글을 읽다 보면 소설을 쓰고 싶다는 생각이 더욱 간절해진다. 소설을 참 쉽게 쓰는 것처럼 보여서일지도 모르겠다. 별로 어렵지 않고 특이하지 않은 단어로 주변 얘기를 술술 풀어나가는데 뚝딱 멋진 소설이 됐다, 라고 할까. 물론 나름대로 오뇌와 번뇌 끝에 낳은 작품이겠지만 말이다.

요즘은 역자 후기를 거의 비슷한 틀로 쓰고 있다. 작가 소개, 작품 소개, 번역 소감. 전형적인 역자 후기 형식이다. 이렇게 쓰는 게 가장 읽기도 쓰기도 무난하고, 독자들이 작품을 읽을 때 조금이나마 가이드가 되어주는 것 같다. 가끔 서너 줄의 파격적인 후기를 쓰고 싶을 때도 있지만, 독자에게 책을 안내해야 할 역자의 도리가 아닌 것 같아서 자제한다. 다른 번역가 선생님들의 고차원적인 후기를 볼 때면 '나 번역가 맞나?' 싶긴 하지만, 쉬운 내 후기를 좋아해주는 독자들도 많아서 앞으로도 꾸준히 내 스타일대로 쓰려고 한다. 쓰는 사람이 편한 글을 써야 읽는 사람도 편할 테니까.

나의 기획은 끝나지 않았다

내가 기획을 한 목적은 '자급자족'이었다. 들어오는 일거리가 없기 때문에 내가 찾아서 챙겨먹는 것. 그런데 슬슬 작업 의뢰가 많아지면서 들어오는 것도 소화하기 힘들어져 기획은 그만두었다. 물론 그 뒤로도 가끔 일본에 가서 서점을 둘러보고 책도 사오긴 했지만, 기획이라기보다 직업상 습관적으로 하는 일이었다. 그러다 좋은 책 만나면 출판사에 소개하기도 했다. 그러나 항상 앞서가는 바람에 좋은 책들은 내 손에서 빛을 보지 못하고, 몇 년 뒤 빛나는 베스트셀러가 되어 서점 진열대에 고이 놓여 있었다. 베스트셀러 목록에 있는 책이나 작가를 보며 "내가 몇 년 전에 기획서 보냈던 건데!"라며 안타까워하기도 했지만, 나보다 좋은 역자를 만나서 그렇게 꽃이 피었을 거라고 생각한다. 책에는 주인이 있으니까.

마음먹고 기획을 하지는 않지만, 일본 작가의 블로그나 아마존에서 괜찮다 싶은 책을 발견하면 서평과 줄거리 등 정보를 번역하여 편집자에게 소개하곤 한다. 편집자는 정보를 읽고 마음에 들면 에이전시를 통해서 책을 구해 보내준다. 그러면 책을 읽고 검토 소견을 보낸다. 예전에 직접 일본에 판권 문의하고, 책을 구입하던 때에 비하면 신선놀음 같은 기획이지만, 맡은 번역 일만으로도 바빠서 적극적으로 하진 못한다. 그리고 이렇게 발견한 책은, 책을 보내준 출판사에서 출간 안 한다고 하면 더 이상 다른 곳을 알아보지 않는다. 이유는 배가 불렀거나 바쁘거나 양심적이거나 셋 중 하나.

한번은 유명한 일본 드라마들의 소설 버전을 번역해보면 어떨까 하는 구상을 한 적이 있다. 시청률이 높았던 드라마를 소설화한 책이니 대부분 재미도 보장된다. 그러나 이 기획도 잠시 기발한 아이디어라고 혼자 좋아라 하다가 그만두었다. 본격적으로 기획하여 검토서를 쓸 시간적 여력이 없었다. 이런 공짜 아이디어, 기획이 궁한 출판사나 후배들은 참고하시기 바란다. 훌륭한 작품성까지 바라진 못하겠지만, 잘 골라보면 보석 같은 작품도 있다. 한 가지 단점이라면 판권 계약할 때 방송국이 개입되어 좀 까다로운 면이 있다는 것이다(너무 큰 단점이긴 하다).

앞으로는 번역보다 직접 글을 쓰는 쪽으로 기획을 해볼까 한다. 나는 가나다라만 알면 누구든 읽을 수 있는 쉬운 책을 쓰고 싶다. 읽으려고 애쓰지 않아도 읽히는 책, 책을 싫어하는 사람도 읽고 싶어하는 책. 이를테면 태교를 위해 책은 읽어야겠는데 학교 다닐 때부터 책하고는 만리장성을 쌓은 사람을 위한 책이라든가, 복잡하고 골치 아픈 것 싫어하는 젊은 층을 위한 교양 책이라든가. 세상에는 나처럼 딱딱하고 어려운 책을 싫어하는 사람들이 많고 많을 터, 그들에게 맞는 쉬운 책을 기획해보고 싶다.

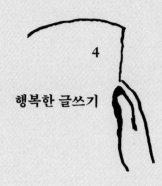

4

행복한 글쓰기

부모님의 받아쓰기

아버지는 올해 일흔아홉이시다. 가끔 친정에 갈 때면 "아버지, 내가 몇 살인지 맞히면 만 원 드릴게요"라고 퀴즈 아닌 퀴즈를 낸다. 현금 좋아하시는 아버지, 아쉽게도 번번이 못 맞힌다. 매번 "니가 올해 몇 살이고?" 되물어서 "마흔다섯이잖아요" 그러면 "아이구야" 하고 처음 듣는 것처럼 놀란다. 그때마다 가족들의 나이를 하나하나 알려드리면 재미있는 이야기 듣듯이 듣고는 또 다 잊어버리신다. 이름을 기억해주는 것만으로 감사해야 할 것 같다.

아버지는 요즘 만사가 귀찮은지 자식들이 오면 잠시 앉아 있다가 이내 이불 깔고 누워버린다. 그런 아버지와 뭘 하고 놀지 궁리하다, 받아쓰기 대회를 했다. 참가자는 엄마와 아버지. 한 분은 학교 문 앞에도 못 가봤고 한 분은 초등학교 3학년까지 다녔다지만 육십 년도 더 된 일이니, 그럭저럭 공평한 대회였다. 그러나 역시 아버지는 "귀찮다" 하고는 돌아누웠다. 예상했던 일이라 미리 준비한 상금 봉투를 딸랑딸랑 흔들며 억지로 볼펜을 쥐여드렸다.

몇십 년 만에 쓰시는 글씨인지라 판독 불가능하긴 했지만, 문제를 부를 때마다 두 분이 진지하게 답을 쓰는 모습은 감동 그 자체였다. 마지막 문제는 "나는 술을 싫어합니다." 술을 지나치게 드시는 아버지 때문에 낸 문제였다. 그랬더니 당신은 그런 말을 쓸 수 없다며 볼펜을 놓았다. 할 수 없이 "나는 술을 좋아합니다"로 정정하는 주최 측. 그러자 아버지가 삐뚤삐뚤 쓴 답은 "나는 술를 조합나"였다. "우와, 아버지, '술'자 정확하게 썼네요." 정하와 둘이서 한껏 박수를 치고 상금을 전달했다. 물론 처음부터 상금 봉투는 두 개였다. 어떤 서예가의 명필보다 더 귀한 두 분의 글씨를 사는 값이었다.

위 글은 예전에 쓴 한 신문의 칼럼이다. 학교 다닐 때는 '무식한' 부모님이 정말 부끄러웠다. 한창 사춘기 때는 왜 나는 이런 부모를 만났을까, 하고 하늘을 원망한 적도 있다. 더 좋은 부모를 만났더라면 내가 훨씬 더 잘될 수 있었을 텐데, 하면서 말이다. 좀처럼 없는 일이긴 했지만, 어쩌다 엄마와 선생님이 대화라도 나누는 날이면 다음 날 창피해서 학교 가기가 싫을 정도였다. 부모님은 내 열등감의 근원이었고, 되도록이면 감추고 싶은 존재였다. 초등학교 때는 어디엔가 분명 멋진 나의 친부모님이 있을 거란 망상까지 했다.

그랬던 내가 어른이 되고서는 이렇게 '무식한 부모님'을 자랑하고 다닌다. 원고 청탁이 올 때도 그렇고, 온라인상에서도 그렇고 종종 '무식한 부모님' 이야기를 자랑스럽게 쓰고 있다. 예를 들면 이런 얘기다. 엄마 친구가 엄마한테 생일 선물을 주며 "딸한테 물어봐. 이거 아주 유명한 메이커야, 메이커" 하시더란다. 엄마가 내게 물었다. "니 '꺼먼부라자'라 카는 메이커 아나? 아주 유명한 메이커라 카던데?"

엄마는 상식적으로 '꺼먼부라자'라는 메이커를 누가 만들겠느냐는 생각을 못 한다. 그렇지만 머리가 좋은(?) 나는 바로 알아들었다. 남대문시장의 '커먼플라자'란 걸. '커먼플라자'라고 이름을 정정해주니 엄마는 '꺼먼부라자'보다 그럴듯하게 들렸는지 "진짜 유명한 메이커인 모양일세" 하고 끄덕거렸다.

아버지에 대해 쓸 때는 늘 아버지의 성실함을 자랑한다. 당신의 인생은 롤러코스터였다. 높은 곳에 있다가 뚝 떨어졌을 때도 아버지는 바닥에서 다시 시작해 높은 곳을 향해 갔다. 그렇게 올라간 곳에서 또 떨어졌을 때도 포기하지 않고 차근차근 올라갔다. 세 번째 떨어졌을 때는 이미 연세가 일흔이었다. 그리고 가진 것을 모두 잃었다. 더 이상 뭔가 시작할 의욕도 기력도 없을 거라 생각했다. 하지만 아버지는 리어카를 구해서 폐지를 줍고 다녔다. 오랜 세월 대표님 소리 들으며 살던 사람이 그 일을 하루도 쉬지 않고 했다. 출근 도장을 찍어야 하는 것도 아닌데, 폭염도 혹한도 아랑곳하지 않고, 제발 오늘은 나가지 마시라고 전화로 신신당부를 해도 "안 나가면 안 된다"라며 꼬박꼬박 나가셨다.

솔직히 스크루지 영감보다 더한 구두쇠에다 욕심 많고 이기적인 노인네여서 좋은 아버지라는 말은 입이 찢어져도 할 수 없지만, 그 성실함만은 정말 금메달감이다.

내가 이렇게 신문에 글줄이라도 쓸 수 있게끔 자란 것은 어쩌면 얘기 잘하는 아버지 덕분인지도 모른다. 아버지는 여느 아줌마 못잖은 수다쟁이였다. 누구네 잔칫집이나 상가에라도 다녀오는 날이면, 대문을 나설 때부터 다시 대문을 열고 집으로 들어오는 순간까지 만났던 사람, 일어났던 일, 먹었던 음식 등에 대해 아주 세세하게 식구들에게 들려줬다. 이를테면 "집에서 나가다 미자 아버지를 만났는데, 미자가 올해 고등학교 간다고 그러더라"에서 시작된 얘기는 잔칫집 혹은 상가에서 있었던 일과 찾아온 사람들의 인물 묘사를 거쳐 우리 동네에 도착해서 집에 오는 길에 봤던 똥개 얘기까지 빠트리지 않고 다 하는 것이다. 그 얘기가 하도 재미있어서, 어디 시골 친척 집에라도 가시면 1박 2일 동안 꼬박 아버지를 기다렸다. 그러다 아버지가 돌아와 이야기보따리를 풀어놓으면 그게 얼마나 재미있던지, 어린 마음에도 아버지가 학교만 제대로 다녔더라면 훌륭한 작가가 됐을 텐데, 하는 안타까움이 들 정도로 기승전결 완벽하고, 인물 묘사, 상황 묘사 뛰어나고 거기다 넘치는 유머까지 더한, 대단한 이야기꾼이었다. 부모님은 무학이니 글을 쓸 리가 없고 형제들 중에도 글을 그리 잘 쓰는 사람이 없는데, 나만 유난히 글쓰기를 좋아하는 것은 막내여서 아버지의 얘기를 제일 오래, 제일 많이 듣고 자란 덕분이 아닌가 싶다.

처음 청탁받은 글

번역을 한 지 십 년쯤 됐을 때 처음으로 원고 청탁이란 걸 받았다. 어느 월간지에서 '2, 이, two, Ⅱ'라는 테마로 글을 한 편 써달라고 했다. 테마만 들어도 내게 원고를 청탁한 이유가 짐작 가지 않는가? 우리 엄마식으로 해석하자면 작가가 1등이고 번역가가 2등, 그러니까 번역가에게 원고 청탁. 그렇게 되는 거다.

원고 청탁할 때 담당자가 이렇게 말했다.

"선생님은 대학교만 나와서도 이렇게 번역가로 성공하셨잖아요. 그래서 원고 청탁을 드리고 싶어요. 대학생들한테 귀감이 될 것 같아서요. 작가의 그늘에 있는 2인자로서 번역가의 이야기를 써주시면 좋겠어요."

늘 그렇지만, 두 번째부터는 기억하지 못한다. 두 번째 원고 청탁은 어디서 들어왔는지, 무슨 얘길 썼는지 기억나지 않는다. 그런데 이 첫 원고 청탁만큼은 담당자의 목소리까지 기억난다. 기뻐해야 할지 슬퍼해야 할지 모를 청탁 멘트가 인상적이었다. 글이 실린 잡지도 아직 책꽂이에 곱게 꽂혀 있다. 십 년 동안 국경을 넘나드는 것까지 적어도 예닐곱 번은 이사를 하느라 어지간한 책들은 다 버리고 다녔어도 이 책만은 잘 챙겨놓았다.

처음 청탁받은 글은 어떻게 썼나 싶어서, 오랜만에 잡지를 펼쳤다.

늘 작가에 가려진 역자의 자리 같지만, 작가의 생각과 작가가 선택한 단어와 작가의 메시지를 얼마나 독자에게 잘 전달하는가 하는 것은 역시 역자의 재주다. 소설가가 자연분만으로 아기를 낳는 산모라면, 번역가는 제왕절개로 아기를 낳는 산모라 생각한다. 아픔의 차이는 크겠지만, 아프지 않고 태어나는 아기는 없으리라.

"아사다 지로의 우아하고 수려한 문장에 반했어요."

이것은 내가 번역한 작품에 붙은 독자의 평이다. 나는 내 손가락이 굳기 전까지 기꺼이 훌륭한 작가를 위한 들러리 역자로 남을 것이다. 그것이 내게 맞는, 세상에서 가장 행복한 역할이라고 생각한다.

처음으로 세상에 내보인 '내 글'이어서인지 어지간히 폼 잡고 썼다. 겨우 십 년 번역해놓고 꽤나 번역가인 척했네 싶어서 가소롭기도 하다. 그래도 그 시절에 한 번역보다는 나아 보이네.

어쨌든 이 글을 시작으로 이따금 잡지나 신문에서 원고 청탁이 들어왔다. 잡문 쓰는 걸 워낙 좋아해서 처음에는 글 쓸 기회가 오는 게 마냥 좋았다. 학생 때 잡지에 글 한 번 실리고 싶어서 부지런히 투고하던 걸 생각하면, 이제 어른이 되어 원고 청탁을 받는 자신이 기특할 따름이다. '너 참 성공했구나' 하고 스스로 칭찬도 한다. 정하에게도 가끔 그런 말을 한다. 어떤 분야에서 일하건 너도 나중에 원고 청탁을 받는 사람이 됐으면 좋겠다고. 정말 그게 나의 조촐한 소망이다. 지면에서 딸의 이름 석 자를 보는 것, 지금은 내가 딸의 이름을 써주지만 언젠가 딸이 내 이름을 써주는 것 말이다.

그렇게 영광으로 생각하는 원고 청탁이건만, 번역 일이 바빠지니 어쩔 수 없이 거절하는 경우가 생긴다. 참 아이러니한 게, 여기저기 실린 글들로 인지도가 높아지면서 번역 일이 더 많이 들어오고, 번역 일이 많이 들어오니 바빠져서 원고 청탁을 거절하게 되더라는 것. 이런 걸 일컬어 '즐거운 비명'이라고 해야 하려나.

그렇지만 글 쓸 때도 번역할 때만큼이나 행복하다. 아직도 아동문학가와 소설가가 되고 싶던 어릴 때 꿈을 버리지 않고 있다. 번역 마감에 쫓겨서 차마 시작할 엄두를 내진 못하지만, 요즘도 글은 쓰지 않으면서 습관처럼 이런저런 문학상 작품 응모 마감 날짜에 집착한다. 『완득이』처럼 멋진 성장소설 한 편 쓰는 게 나의 꿈이다.

아, 여기저기에 글이 실려서 좋은 점이 하나 있다. 번역서가 100권이 넘어가도 번역서를 보고 연락하는 사람은 하나도 없는데, 어쩌다 잡지나 신문에 글이 한 편 실리면 소식이 끊겼던 옛날 옛적의 지인에게서 연락이 온다. 작년에는 과수원 집으로 시집간 여고 동창이 〈좋은 생각〉에 실린 글을 보고는 사과를 한 상자 보내주기도 했다. 'TV는 사랑을 싣고'가 아닌 '원고는 사랑을 싣고'가 돼서 옛 친구들에게서 연락이 올 때, 이런 직업을 가지길 정말 잘했다는 생각이 든다.

일본말 번역 2등?

일 끊기면 어떡하나 하는 걱정은 덜 하고 살게 됐을 즈음에, 『번역은 내 운명』이란 책이 나왔다. 강주헌, 김춘미, 송병선, 이종인, 최정수 선생님과 공동으로 쓴 책이다. 많이 팔리진 않았지만 내게는 참 은혜로운 책이었다. 그렇고 그런 번역가에서 약간 주목받는 번역가가 된 것은 이 책 덕분이 아니었나 싶다.

이 책은 부제 그대로 6인 6색이다. 책이 나온 뒤에야 다른 분들의 글을 읽어봤을 정도로, 책에 대한 사전 의논이나 조율 같은 게 전혀 없었다. '번역은 내 운명'이라는 주제로 각자 쓰고 싶은 대로 쓰면 됐다. 이 여섯 사람은 표지 사진을 촬영할 때 처음으로 모여 서로 인사를 나누었다. 역시 외모나 성향이나 연령이나 6인 6색. 한 가지 공통

점이라면 번역가 특유의 선함이랄까(다른 직업에 종사하는 분들이 비웃으시려나)? 그때 만난 인연으로 몇몇 선생님들과는 요즘도 동지 의식을 느끼며 연락하고 지낸다.

『번역은 내 운명』은 여섯 명의 번역가가 번역에 대한 자신의 철학과 삶을 풀어낸 책이다. 그 언어권에 관심 있는 사람이 아니면 다소 지루할 것 같은 내용도 있지만, 훌륭한 선생님들의 좋은 글이 많다. 나는 그 책에서 유일하게, 번역가의 일상에 관한 신변잡기를 늘어놓았다. 소소한 경험담이어서인지 재미있게 읽었다는 평을 꽤 들었다.

책이 그리 잘나갔던 것도 아닌데, 이 책 이후로 삶에 변화가 많이 생겼던 것은 신문에 많이 소개되어서인 듯하다. 6인의 번역가가 쓴 독특한 에세이집이라는 화제성으로 중앙일간지에 커다랗게 사진과 함께 기사나 인터뷰가 실렸고, 크고 작은 신문의 신간 코너에 빠짐없이 소개됐다. 하루는 평소 단골인 동네 약국에 갔더니 약사 할아버지가 신문에서 봤다며 반갑게 알은체를 했다. 그러더니 그날부터 머리 하얀 어르신이 "선생님, 선생님" 하고 부르는 게 아닌가. 그래서 그 약국 끊었다. 동네에서 듣는 '선생님' 소리도 민망했지만, 더 이상 집에서 뒹굴던 차림에 맨얼굴로 갈 수가 없었다. 알아본 사람이 그 할아버지뿐이라는 게 다행이라면 다행이었다.

책이 나온 뒤로 원고 청탁도 심심찮게 들어오고, 작업 의뢰도 부쩍 늘어났다. 어쩌면 번역가로서의 내 인생은 이 책이 나오기 전과 후로 나뉜다 해도 과언이 아니다. 요즘도 계약서를 쓸 때면 이 책을 들고 와서 사인해달라고 하는 편집자들이 있지만, 그해에는 작업 의뢰하는 전화의 반 이상이 "선생님, 책 재미있게 읽었어요" 하는 인사였다. '이래서 역자에게도 저서가 필요하구나' 하는 생각이 들었다. 공저인데도 이런 반응이라니, 다른 선생님들은 어땠는지 모르겠지만 내 경우에는 이 책이 나온 이후로 살림이 좀 피었다.

이 책에 얽힌 재미있는 에피소드가 있다. 평소에는 책이 나와도 엄마한테 보여주지 않는데(보여줘도 모르신다), 『번역은 내 운명』은 표지에 여섯 명의 사진이 있기 때문에 엄마에게 자랑했다.

"엄마. 일본말, 미국말, 프랑스말을 번역하는 사람들이 책을 썼거든? 일본말은 어떤 교수님하고 나하고 둘이 썼어. 나 대단하지?"

엄마는 "아이구야" 하며 정말 대단하다고 기뻐하셨다. "네가 어릴 때부터 똑똑하더니만" 하고 종종 하는 칭찬을 또 하며 환하게 웃었다. 엄마의 반응으로 미뤄봤을 때, 책 설명을 최대한 쉽게 하여 의미 전달이 제대로 된 것 같았다. 그런데 어느 날, 엄마하고 비슷한 과의 친척이 내게 물었다.

"너 일본말 해서 2등 했다며?"

"응? 그게 무슨 소리야? 그런 말 한 적 없는데? 무슨 2등?"

"엄마가 그러던데? 일본말 2등 해서 책 썼다고."

엄마 나름대로의 해석인즉슨, 교수님이 당연히 1등일 테니 내가 2등, 그래서 책을 썼다…… 가 된 것이다.

"아, 그게 아니고, 책을 썼는데 일본말 번역하는 사람 중에서는 어떤 교수님하고 나하고 둘이 썼다는 얘기였어."

그랬더니 친척 왈,

"2등 한 것 맞네."

칼럼 쓰는 즐거움

〈국민일보〉에서 「에세이」라는 칼럼에 글을 연재해달라는 청탁을 받은 것도 『번역은 내 운명』 덕분이었다. 내 글은 이성적이기보다 감성적이고 논리도 부족해서 신문 칼럼에는 적합하지 않다고 생각하지만, 「에세이」라는 제목 특성상 한번 써볼 만할 것 같아서 기꺼이 응했다.

주어진 연재 기간은 3개월이었다. 에세이라고 해도 마냥 말캉한 에세이를 쓰는 칼럼은 아니어서, 평소에는 애써 듣고 보지 않으려 외면하던 텔레비전 뉴스도 열심히 보고, 인터넷 기사도 꼼꼼히 읽고, 세상에는 지금 무슨 일이 이슈인지 저절로 관심을 갖게 됐다. 내가 태어나서 우리나라 정치·경제·사회·문화에 그토록 많은 관심을 가진 것은 아마 그때가 처음이자 마지막일 듯하다.

다행히 반응이 좋았다. 지인들의 칭찬이야 의례적인 그것이겠지만, 그날 실린 글 중에 가장 재미있었다고 칭찬해주는 독자들의 메일도 종종 날아왔다. 목사님이라고 자청한 어떤 독자는 청혼을 하기도 했다. 항상 내 글을 설교 시간에 얘기한다고 하면서, 나 같은 사람이 목사님 사모에 적합하다나. 나는 종교가 없을뿐더러 교회 설교 시간에 어울릴 법한 내용은 하나도 쓰지 않았는데 말이다. 청혼과 함께 딸의 유학 보장과 안락한 삶을 약속하는 메일을 몇 번이나 보내왔지만, 그런 에피소드를 만들어준 데 대해 감사하는 것으로 끝냈다.

그런저런 독자들의 반응을 신문사에서도 알았는지, 아니면 편집위원님들도 내 글을 재미있게 읽으셨는지 연재를 3개월 더 해달라고 부탁했다. 같이 썼던 필진들 중에서 유일하게 나만 연장이었다. 살림에 보탬이 될 정도의 고료도 아니고 매주 새로운 얘깃거리를 쥐어짜는 것도 스트레스였지만, 막상 연장 권유를 받으니 내 글이 인정받았다는 사실이 기뻐서 앞뒤 생각도 없이 수락했다. 매주 소재를 찾느라 힘들긴 했지만, 6개월 동안의 에세이 연재는 참으로 좋은 경험이었다. 연재 가운데 특히 화제를 모았던 한 편을 소개히겠다.

오늘의 운세

친정 엄마는 지나칠 정도로 미신을 신봉하여 한때는 남들 교회 다니듯 점집에 드나들었다. 덕분에 나는 엄마 배속에 있을 때부터 점집을 경험했다. 나를 임신했을 때, 위로 딸이 셋이나 있어 이번에도 딸이라 하면 낳지 않으려고 점쟁이에게 물어보러 갔었단다. 분명히 아들이며 나중에 크게 될 거라고 하는 점쟁이 말에, 열 달 고생하여 낳았더니 또 딸이라 엄마도 아버지도 실망이 커서 애를 거들떠보지도 않았다고 한다.

그러고도 질리지 않고 무슨 일 있을 때마다 줄기차게 점집을 찾는 엄마를 종종 따라다녔다. 점쟁이들은 항상 억울하게 죽은 누구 귀신이 붙어서 집안에 액운이 끼었다는 식으로 점괘를 내고, 엄마는 그런 귀신이 있다는 걸 아는 게 너무 용하다며 점쟁이 말에 혹한다. 일제강점기에 태어나 한국전쟁을 겪어온 엄마 세대에 억울하게 죽은 사람 없는 집안이 어디 있을까. 어린 내가 듣기에도 점쟁이들의 말이란 귀에 걸면 귀걸이, 코에 걸면 코걸이에 지나지 않는 것이었으나 엄마는 집에 와서도 용하다고 감탄했다.

그런 경험들로 나는 어른이 돼도 절대 점 따위는 보지 않을 거라 생각했다. 그러나 어느 순간, 신문을 펼치면 이내 보게 되는 오늘의 운세. 은행에서 잡지라도 손에 들면 눈을 반들거리며 읽는 별자리 점, 혈액형 점. 꿈자리라도 뒤숭숭한 날은 바로 인터넷에 접속하여 검색하는 꿈 해몽. 좋은 말이 나오면 좋고, 나쁜 말이 나오면 두고두고 찜찜한 그 점을 찾아다니며 보고 있었다. 오늘은 파란색 옷을 입고 동쪽으로 가면 귀인을 만난다는데 파란색 옷이 있나? 우리 집에서 어느 쪽이 동쪽이지? 하고 진지하게 갸우뚱거리면서. 이거야 복채를 내지 않는다 뿐 걸핏하면 점집을 다니며 불안한 미래를 알고 싶어 했던 엄마와 하나도 다를 바 없지 뭔가.

몇 해 전, 정보료를 내고 이용하는 오늘의 운세 매뉴얼을 번역한 적이 있다. 담당자 왈, 부정적인 답변이면 기분 나빠서 다음부터 잘 이용하지 않으니 무조건 긍정적으로 쓰란다. 나는 시키는 대로 번역이라기보다 창작에 가깝게 남의 운세를 조작했다. 그런데 애초의 의도는 장삿속이었을지언정 그건 참 좋은 생각이었다. 어차피 정확히 맞지도 않는 오늘의 운세, 당신은 잘될 겁니다, 오늘은 좋은 일이 생길 겁니다, 하는 긍정적 예언으로 읽는 이들이 기분 좋은 하루를 보낸다면 그보다 더 좋은 게 어디 있을까.

"당신의 오늘 운세는 대박입니다!"

좋은 작품은 나의 힘 : 내가 사랑하는 책들

누구나 아는 이름, 『러브레터』

어느 날 출판사에서 전화가 왔다. 〈러브레터〉라는 영화
의 원작 소설이 들어왔는데 검토를 좀 해주지 않겠느냐고.
〈러브레터〉라는 말을 듣는 순간 입이 귀밑까지 찢어질 뻔
했다. 당시만 해도 일본 영화는 어둠의 경로로만 들어오던
시절이어서 이 영화를 본 사람이 많지 않았지만, 나는 일
본에 있을 때 본 영화였다. 내가 그 영화를 본 이유는 단순
하다. 남자 주인공 도요카와 에츠시의 팬이었기 때문이다.
영화 〈러브레터〉에서 히로코를 좋아하고 후지이 이츠키
대학 선배로 나오는, 도자기 공예 하는 그 남자 말이다. 영
화에서는 별로 멋있게 나오지 않지만, 태어나서 처음 좋아
한 배우였다.

얇은 원작 소설이 날아왔다. 그 자리에서 단숨에 다 읽고
출판사에 전화를 했다. 원래는 줄거리도 쓰고 발췌 번역도
하고 정식으로 검토서를 써서 보내야 했지만, 그런 게 문제
가 아니었다.

"이 책 꼭 하세요. 정말 괜찮은 책이에요!"

구구절절 길게 쓴 검토서 따위는 필요 없었다. 두 마디
면 충분했다. 그리고 꼭 하시라고 번역료를 조금 낮게 불렀

다. 대표님이 고마워하면서 "나중에 책 잘나가면 더 생각해 드릴게요. 그때 봅시다"라고 했다. 나중에 보자는 사람 치고 무서운 사람 없다는 말이 있다. 어떤 의미에서든 진리다. 훗날 영화가 대박 난 덕분에 베스트셀러가 됐지만, 번역료를 더 주는 일은 없었다.

그렇게 『러브레터』는 출간됐다. 내가 침 튀기며 추천했던 책이었건만 초반에는 반응이 신통찮았다. 광고를 하지 않은 데 비해선 양호했지만, 생각만큼 좋진 않았다. 그런데 그 이년 뒤에 일본 문화가 개방되어 영화 〈러브레터〉가 우리나라에서 개봉될 줄 누가 알았겠는가. 게다가 일본 영화로는 이례적인 흥행 성공까지! 소설 『러브레터』는 영화 포스터와 똑같은 표지로 옷을 갈아입어 다시 서점에 진열됐고, 그 뒤 한참 동안 베스트셀러 자리에서 내려올 줄 몰랐다. 1위가 된 적은 없지만 꾸준히 베스트셀러 코너를 지켰다.

그때까지 나의 자존심을 지켜주던 『고흐가 왜 귀를 잘랐는지 아는가』는 한 방에 가버리고, 드디어 누구에게 말해도 다 아는 대표작이 생긴 거다. 순전히 같은 제목의 영화 덕분이었지만.

『러브레터』를 읽고 작업을 의뢰하는 출판사도 많아졌다. 영화 〈싱글즈〉의 원작 『29세의 크리스마스』도 『러브레터』의 번역이 마음에 들었다며 의뢰를 해줬다. 공교롭게 〈29세의 크리스마스〉도 일본에 있을 때 좋아했던 드라마다. 그러고 보니 영화 〈멋진 하루〉의 원작 소설 『멋진 하루』도 그렇고, 『달팽이 식당』과 『카모메 식당』도 그렇고, 영화화한 소설과 인연이 많았다. 영화는 언론에 많이 오르내리기 때문에 영화를 보지 않은 사람도 제목 정도는 기억하게 된다. 그래서 번역한 소설이 영화가 되거나 영화 원작을 번역하면, 역자에게도 좋은 홍보 기회가 된다.

재출간의 기쁨, 『부드러운 볼』

기리노 나쓰오 소설 중 백미로 뽑히는 『부드러운 볼』은 정하가 다섯 살 때 초간이 나왔다. 상하 두 권짜리 소설로, 1999년도 나오키상 수상작이어서 '20세기 마지막 나오키상'이라는 띠지를 두르고 출간됐다. 이 소설은 출판사에서 다른 역자에게 번역을 맡겼다가, 결과물이 마음에 들지 않는다며 내게 다시 번역을 의뢰해온 작품이다. 그 때문에 주어진 작업 기간이 짧아서 번역 일 시작하고 처음으로 엄청나게 쫓기며 밤낮없이 번역했다. 하루에 열 시간 이상 작업한 탓에 손목에 탈이 나서 물리치료를 받으며 일했던 것도 이 책이 처음이다. 얼마나 짧은 시간에 많은 분량의 번역을 했던지, 책이 나오자 처음에 번역했던 분이 "그렇게 빠른 시간 안에 번역했을 리가 없다, 내 번역을 베낀 거다" 하고 출판사에 항의했다고 한다. 설마 잘못된 번역 다듬는 시간보다 새로 하는 게 더 빠르다는 사실을 모르셨던 걸까. 출판사나 독자들에게 번역이 좋다는 칭찬을 가장 많이 들었던 것도 이 작품이다. 번역 실력이야 늘 비슷할 텐데, 호평을 들을 때도 있고 혹평을 들을 때도 있는 것은 역시 작품과의 궁합이지 싶다. 『부드러운 볼』은 그런 면에서 찰떡궁합이었던 듯하다. 미스터리물이어서 처음부터 끝까지 범인을 추측할 수 없는 미로 같은 얘기에 빠지기도 했지만, 정하 또래의 딸을 유괴당하고 애태우는 엄마의 이야기라 몰입하지 않을 수 없었다.

오래오래 가슴에 담고 싶은 이 소설을 그로부터 십 년 뒤에 재출간한다는 소식을 들었을 때 얼마나 기쁘던지! 기리노 나쓰오의 굵직굵직한 소설을 도맡아 출간하고 있는 황금가지 출판사에서 재출간 계약을 했다고 연락이 온 거다. 원래 그 출판사에는 기리노 나쓰오의 소설을 전담하는 역자분이 있지만, 이 책은 워낙 번역이 좋다는 평이 많아서 원 번역자인 내게 맡긴다고 했다.

재번역은 보통 초간 번역과 원서를 대조하는 것에서 시작한다. 초간 번역이 마음에 들지 않았을 경우에는 새로 번역하기도 하시만, 이 책은 초간 번역이 나쁘지 않았기 때문에 보수 작업 정도로 끝났다. 재출간된 뒤에 더러 초간을 그대로 냈다고 불평하는 독자들도 있는데, 재번역 못잖게 노력을 들여서 원서와 대조하며 다듬어야 할 문장은 다듬었고 번역 오류도 바로잡았다. 재출간이라고 멀쩡한 번역을 고칠 필요는 없지 않은가. 원문이 달라지지 않았는데 말이다. 번역은 십인십색이라고 하지만, 이렇게 원문에 충실했던 번역은 다른 역자가 번역해도 크게 달라지지 않았을 거라고 생각한다.

이 책이 나올 때만 해도 우리나라에서 무명이던 기리노 나쓰오 씨는 지금은 엄청난 한국 독자를 거느린 거물급 작가가 됐다. 나 역시 많은 책을 번역하며 성장했다. 그리고 『부드러운 볼』은 기리노 나쓰오의 팬들이 가장 사랑하는 책이 됐다.

그의 문장이 좋다, 무라카미 류의 『와인 한 잔의 진실』

내가 가장 많이 번역한 책의 작가가 무라카미 류라는 사실을 나도 잊고 있었다.『고흐가 왜 귀를 잘랐는지 아는가』『오디션』『와인 한 잔의 진실』『2days 4girls』『마스크 클럽』등. 한때는 무라카미 류의 작품을 참 좋아했었다는 사실도 잊고 있었다. 역자들은 이렇게 지나간 작가는 잊어버리고 현재의 작가에만 마음을 쏟는 경향이 있다. 매번 번역할 때마다 그 작가가 최고라고 찬양하지만, 역자 후기 쓰면 바이 바이. 이내 다음 작가를 맞이하여 새로운 연애를 시작한다. 무라카미 류를 마지막에 번역한 것이 칠팔 년 전이니 까맣게 잊어버릴 만도 하다. 그러나 아직도 기억나는 것은 류의 책을 번역할 때의 환희 같은 거다. 무라카미 류의 소설은 'SM, SEX, DRUG'으로 대표된다. 그런 테마의 소설을 번역하며 환희를 느낀다니, 당신 변태 아냐? 할지도 모르겠다. 그런 거 아니다. 나는 류의 문장이 좋다. 역자에게도 자신과 잘 맞는 작가가 있는데, 류는 그런 작가다. 문장이 손끝에 착착 감기는 느낌이다. 마치 내가 쓴 글을 옮기는 듯한 느낌. 그건 작가의 성별과는 관계가 없는 것 같다. 지독히 나랑 안 맞는다는 생각을 한 작가가 있는데 그 작가는 여자다.

『와인 한 잔의 진실』은 나온 지 꽤 오래된 책인데, 와인 동호회나 와인 카페 등 와인 애호가들이 늘어나면서 아직도 종종 인구에 회자되어 가끔 인터넷에서 마주치면 아주 반갑다.

에이전시의 소개로 처음 찾아간 출판사에서 이 책을 주며 한 말씀,

"이 책 번역 잘하면, 하루키 단편집 세 권 계약한 것 있는데 그것 맡길게요."

그랬디. 이 책은 하루키가 걸린 번역이었다, 하하.

번역가의 영광, 무라카미 하루키의 책들
『빵가게 재습격』『반딧불이』『회전목마의 데드히트』

하루키, 듣기만 해도 가슴 떨리는 이름. 일본소설을 번역하는 사람으로서는 그렇다. 내가 일본소설을 번역하는 사람이 아니었어도 하루키를 좋아했을지는 잘 모르겠다. 주변의 사오십 대들이 하루키를 별로 좋아하지 않는 걸 보면, 우리 세대의 취향은 아닌지도 모른다. 어쨌거나 소설가 하루키에 대한 호불호와 관계없이, 번역가로서 하루키 작품을 번역한다는 건 영광이다.

하루키의 책은 앞에서 얘기한 사연으로 내게 왔다. 그런데 마침 다른 책을 번역하고 있었다. 무려 하루키 님의 작품 의뢰가 들어왔는데(경력도 실력도 미천한 삼십 대의 내게) 바로 작업에 들어가지 못하는 상황이었다. 출판사에서는 당연히 서둘렀다. 역자들은 널렸고, 하루키 작품이라면 서로 하고 싶어 아우성일 것이다. 하던 번역을 제쳐두고라도 받아야 했지만, 나의 작업 원칙은 '선착순'. 먼저 들어오는 일이 우선이다. 수화기에 대고 먹히지도 않을 애교를 떨며 부탁했다.

"한 달만 기다려주시면 안 돼요? 한 달만 기다려주시면 저 번역료 안 받고 할게요오."

고맙게도 기다려주셨다. 아마 이십 년 번역 인생 중 가장 기쁜 순간이었을 것이다. 물론 번역료도 받았다.

십 년이란 세월 동안 다른 작가들을 수없이 만나느라 잊고 있던 하루키, 그를 다시 만났다. 문학동네 출판사에서 이 3종 세트를 재출간하게 되어 번역을 다듬게 된 것이다. 아아, 십 년 만에 다시 보니 한 줄 한 줄 읽을 때마다 '하루키 최고!' 소리가 절로 나왔다. 특히 『빵가게 재습격』은 무한 찬양. 『1Q84』의 하루키가 왠지 서먹했기에 십 년 만에 만나는 하루키가 더더욱 반가웠다. 하루키는 역시 단편에서 훨씬 더 빛이 나는 듯하다.

효자 중의 효자, 『밤의 피크닉』

『밤의 피크닉』이 이렇게 스테디셀러가 될 줄은, 온다 리쿠가 이렇게 유명해질 줄은 아마 출판사에서도 전혀 예상하지 못했을 것이다. 사실 나조차 『밤의 피크닉』을 검토할 때만 해도 작품이 썩 괜찮다는 생각은 하지 못했다. 꼼꼼하게 읽지 않은 탓도 있고, '이름 없는 작가'의 작품이란 선입견 때문이었기도 하다. 일본에서는 슬슬 치고 올라오는 작가였지만, 우리나라에서는 아직 전혀 소개되지 않은 작가였다. 다년간의 경험으로 미루어보아 일본소설은 유명 작가의 작품이거나 수상작이 아니면 아무리 좋은 작품이어도 '뜨기'가 어렵다. 그러니 '온다 리쿠'라는, 처음 듣는 작가의 소설이 아무리 좋다 해도 그저 평타에 지나지 않을 것이라고 생각했다. 솔직히 말하면 일이 별로 없을 때여서 검토서를 호의적으로 쓰긴 했지만, 일이 많았을 때였다면 "별로네요"라고 썼을지도 모른다. '이 작품이 괜찮나? 아닌가? 추천해서 욕먹으려나? 그래도 청소년들은 좋아하겠지?' 검토 소견을 쓸 때 좀 많이 갈등했다.

출판사에서도 별 기대가 없었던지 오퍼를 내놓고도 잊어버리고 있었던 것 같다. 몇 달이 지나서 『밤의 피크닉』이 '요시카와 에이지 문학상 신인상'을 받았다는 소식을 듣고 편집자에게 전화를 했더니 "아참, 그 책 어떻게 됐는지 모르겠네. 알아보고 전화할게요" 이랬을 정도로 무심했다. 그러고는 10분 뒤에 계약이 됐더라고 전화를 줬다.

『밤의 피크닉』은 효자 책이다. 계약이 된 뒤에 '요시카와 에이지 문학상 신인상'도 수상했고, '일본서점대상 1위'도 차지했다. 내가 "별론데요"라고 검토서를 보냈더라면, 온다 리쿠는 높은 선인세를 들고 온 출판사 중 한 곳과 계약했을 거다(온다 씨, 미안해요). 그래서 책에는 임자가 따로 있다고 하는 모양이다.

본격적으로 번역에 들어가서 절반쯤 했을 때부터 친한 편집자들에게 걸핏하면 이런 얘기를 했다.

"온다 리쿠를 잡아요."

"온다 리쿠가 누구예요?"

"젊은 작가인데 아마 앞으로 엄청 뜰 거예요. 뜨기 전에 잡아요."

"어…… 음…… 예……."

반응이 다들 이랬다. 당연하다. 아직 우리나라에 첫 책도 소개되지 않았으니 독자들이 그를 어떻게 받아들일지 알 수 없었다. '감'도 별로 없어 보이는 번역가의 말만 믿고 잡기에는 모험이 필요했을 테고, 무모한 모험 따위 하고 싶지 않았을 것이다.

작업을 하면 할수록 『밤의 피크닉』의 매력에 푹푹 빠져들었다. 일본 사이트에 들어가서 그의 소설에 대한 서평을 읽어보면 다들 나처럼 '푹푹 빠져드는 매력'에 허우적거리고 있었다. 우리나라에서도 머잖아 그렇게 되리란 걸 확신했다.

아니나 다를까, 드디어 『밤의 피크닉』이 출간됐고, 온다 리쿠는 애드벌룬을 타고 날았다. 청소년 권장 도서로 지정된 『밤의 피크닉』이지만, 성인들에게도 학창 시절의 향수를 불러일으키며 지금까지 꾸준히 진열대 한 자리를 차지하고 있다. 예견했던 대로 온다 리쿠는 같은 출판사에서 뒤이어 나온 두 번째 작품 『십월은 붉은 구렁을』로 열풍을 일으켰고, 『보리의 바다에 가라앉은 열매』 『황혼녘 백합의 뼈』를 비롯하여, 여러 출판사에서 줄줄이 나온 책들로 온다 리쿠 마니아들을 양산했다.

주로 장르소설을 쓰는 온다 리쿠의 작품 가운데 『밤의 피크닉』은 유일한 청춘물이다.

작품 안팎의 멋진 할머니들, 『두근두근 우타코 씨』

멋진 세 할머니의 활약이 눈부신 책 『두근두근 우타코 씨』는 77세 할머니인 주인공 우타코 씨가 이십 대 못잖은 발랄함으로 인생을 즐겁게 사는 이야기다. 이 작품에서 내가 한 일은 세 할머니의 활약을 살짝 돕는 정도?

이 책은 처음으로 공동 번역으로 작업했다. 공동 번역자는 팔십 대 이학선 할머니. 그런데 공동 번역 방식이 좀 특이했다. 반씩 나눠서 하거나 어떤 식으로 번역할지 머리 맞대고 의논해서 한 게 아니라, 내가 번역 의뢰를 받았을 때는 이미 할머니께서 번역을 마친 상태였다. 할머니께서 노트에다 정성껏 번역한 원고를 대학 교수인 아드님이 파일로 만들어서 출판사에 소개했다고 한다. 원고를 검토한 출판사에서는 판권 계약을 한 뒤에, 공동 번역으로 작업을 맡아달라고 내게 의뢰했다. 감동적인 할머니의 번역과 아드님의 효심에 반하여 나는 기꺼이 작업을 맡았다. 그리고 옮긴이는 할머니 존함만 써달라고 했다. 결과적으로는 의견이 받아들

여지지 않아 공동 번역으로 나오게 됐지만.

주인공 할머니와 공동 번역자 할머니에 이은 세 번째 할머니는 『조제와 호랑이와 물고기들』이라는 작품으로 유명한 작가 다나베 세이코 씨다. 일본의 박완서라고 하면 좀 과찬이긴 하지만, 1928년생인 이 할머니는 생전의 박완서 작가님처럼 아직도 현역으로 활동하고 있다. 절대 젊은이들한테 기죽지 않고 당당한 우타코 씨처럼 다나베 세이코 씨도 '내 나이가 어때서'라는 듯이 젊은 감성을 뽐내는 연애소설을 많이 써왔다. 이 세 할머니의 활약은 '어린 늙은이' 같은 나로서는 꿈도 못 꿀 만큼 멋지다.

책이 출간되기 전에 편집자와 이학선 할머니 댁에 인사를 드리러 갔더니, 직접 쓴 번역 노트를 보여주셨다. 할머니가 칠십 대일 때 이 책을 읽고 감동하여 번역을 시작했다고 하셨다. 세상의 빛을 볼지 못 볼지도 모르는데, 식사 시간 빼고 종일 식탁에서 번역을 하셨다고 한다. 손글씨로 쓴 여러 권의 번역 노트는 감동의 물결이었다. 종일 컴퓨터로 쳐도 힘든데 볼펜으로 또박또박 쓰신 글씨……. 그리고 할머니 댁에서 나올 때 서비스로 받은 감동 하나. 엘리베이터까지 마중 나온 할머니의 따님(도 예순 넘은 분이셨다)이 입고 계신 치마가 예뻐서 "치마 어디서 사셨어요? 참 예뻐요" 하고 말씀드렸더니, "잠깐만요, 이거 벗어줄게요" 하고는 얼른 들어가 종이 가방에 담은 치마를 건네주시는 게 아닌가! 게다가 그 치마는 따님께서 직접 만든 거라 했다. 세상에나. 몇 년이 지난 요즘도 그 치마를 입을 때마다 '나이는 숫자에 불과함'을 몸소 증명해 보인 멋진 세 할머니를 떠올린다. 나도 그런 할머니가 될 수 있을까.

단연 최고, 『애도하는 사람』

매년 상하반기에 나오키상 수상작이 발표된다. 직업이 직업인 만큼 남의 나라 문학상 결과에 관심이 많지만, 제140회 나오키상의 결과는 특히 더 두근거리며 기다렸다. 당시 번역하고 있던 온다 리쿠의 『어제의 세계』가 후보에 올라 있었기 때문이다. 나오키상 수상작은 판권 경쟁이 치열하다. 그러니 지금 작업하고 있는 책이 수상한다면 얼마나 대박인가. 『어제의 세계』는 작품도 좋았지만, 온다 리쿠가 세 번째 후보로 오른 것이기도 하여 내심 기대가 컸다.

그러나 애석하게도 『어제의 세계』는 탈락하고 덴도 아라타의 『애도하는 사람』이 수상했다. 대체 어떤 작품이기에 이 작품을 제쳤을까 싶어서 검색해봤다. 찾아보니 삶과 죽음을 주제로 한 줄거리가 상당히 매력적이었다. 서평들도 칭찬 일색이다. 아, 탐났다. 이 책을 내가 번역한다면 얼마나 좋을까! 그러나 기대할 수 없는 노릇이다. 나오키상 수상작은 번역하는 사람들이라면 한 번쯤 탐내는 작품이지만, 수상작은 한 권이고(공동 수상일 때도 있지만) 번역가들은 널렸다. 그야말로 운이다. 그렇기 때문에 평소에는 수상작 발표를 봐도 '이번에는 이런 책이 됐구나, 누가 번역하려나' 정도로 무심히 넘긴다. 그런데 이 책은 왠지 모르게 강렬하게 끌렸다.

발표 후 마침 검토 의뢰가 들어왔다. 그렇게 해서 읽어 본 『애도하는 사람』은 그동안 내가 번역했던 책 중 최고였다. 어떡하든 번역하고 싶다는 욕심이 생겼다. 이 책이 다른 사람의 번역으로 서점에 진열된 걸 보면 두고두고 속이 쓰릴 것 같았다. 정말 간절히 바라면 이루어질까? 하고 끌어당김의 법칙을 반신반의하면서, 생각날 때마다 '『애도하는 사람』이 꼭 내게 오게 해달라'고 마음속으로 빌었다.

정말 끌어당김의 법칙이 통했는지, 지성이면 감천인지(들인 지성도 없으면서), 아니면 애초에 내게 올 운명의 책이어서 처음 봤을 때 그토록 강렬한 느낌을 받은 건지 모르겠으나, 『애도하는 사람』은 내게로 왔다. 아아, 내 번역 인생 중에 두 번째로 기뻤던 순간이다. 온다 리쿠의 방한에 맞추어 『어제의 세계』를 출간하느라 촌각을 다투며 번역하던 중이었음에도, 『애도하는 사람』은 독후 후유증에 이틀을 멍하니 보냈던 소설이다. 그런 책이 내게 왔으니 얼마나 기뻤겠는가.

출판사(문학동네)에서도 『애도하는 사람』에 기대가 커서, 번역과 동시에 편집 작업을 하여 최대한 빠른 시일 내에 내 자고 했다. 나도 이렇게 좋은 책을 빨리 독자들에게 보여주 고 싶은 욕심에 신나서 번역했다. 그리고 3분의 1씩 마칠 때 마다 편집자에게 보냈다. 그렇게 해서 작업이 거의 끝나가 던 어느 날, 번역가 양윤옥 선생님한테서 전화가 왔다.

"나 좀 대작을 맡았어요."

"어, 선생님, 혹시……?"

"응, 『1Q84』."

"우와, 축하드려요! 어느 출판사예요?"

"문학동네."

아아…… 문학동네의 기대작에서 순식간에 저 뒤로 출간 순서 밀리게 될 나의 '애도하는 사람'. 아니나 다를까, 며칠 뒤 편집자에게서 『1Q84』 때문에 『애도하는 사람』 출간이 미뤄졌다는 전화가 왔다.

사실 원고를 넘긴 뒤에 번역료는 간절히 기다리지만, 출 간은 그렇게 기다리지 않는다. 때가 되면 나오겠거니 하고 잊고 있다가, 나오면 반갑게 맞아준다고 할까. 그런데 『애 도하는 사람』만큼은 번역하는 순간부터 애타게 기다렸다. 출판사에서는 그런 나의 마음을 잘 안다는 듯, 중간에 파울로 코엘료를 한 번 더 끼워 넣어주시고.『애도하는 사람』은 결국 작업이 끝나고 칠팔 개월 뒤에 세상의 빛을 봤다. 이 책을 보고 첫눈에 반한 지 일 년 만이었다. 역시 기대를 저 버리지 않는 멋진 장정과 깔끔한 편집의 근사한 책! 감동이 었다.

작가 덴도 아라타 씨는 인터뷰에서 이 책이 한국에서 많이 팔리게 된 건 번역을 잘해준 덕분이라는 말씀을 해줬다. 의례적인 인사 멘트겠지만, 번역가를 언급해줘서 고마웠다. 그러나 이런 작품은 누가 번역했어도 명작이었을 것이다. 앞으로의 번역생활에서『애도하는 사람』같은 작품을 또 만날 수 있을까 싶을 정도로 내게는 최고였다.

영화의 감동을 잇다,『카모메 식당』

영화 〈카모메 식당〉이 입소문을 타고 젊은 여성들 사이에서 인기를 얻고 있다는 얘기는 들었지만, 직접 볼 생각은 하지 못했다. 이런 얘길 하면 참 불쌍해 보이거나 한심해 보일지도 모르겠는데, 나는 지난 몇 년 동안 영화 한 편, 드라마 한 편 보는 시간조차 몹시 아까워하며 살아왔다. 후배들이 영화 얘기, 일본 드라마 얘길 하는 걸 들을 때면 참 신기했다. 돌아서면 마감인데 어디서 그런 여유가 나올까? 부러웠다. 나는 영화라곤 딸과 같이 보고 싶은 영화가 있을 때 보러 가는 게 전부다. 그것도 일 년에 한 번 정도 모녀의 친목 도모 차원에서.

그러다 지난해, 연례행사처럼 슬럼프가 찾아왔을 때였나. 이제는 나를 위한 시간을 좀 갖자는 생각이 들었다. 물론 번역 일도 내가 좋아서 하는 일이긴 하지만, 궁극적인 목적은 일을 해서 돈을 벌어 아이를 키우는 것이지 않나? 나를 위해 쓰는 시간은 인터넷 잠깐 하는 시간뿐이라는 생각을 하니, 갑자기 인생이 허무하게 느껴졌다. 그래서 그때 처음으로 밤 12시쯤이면 일을 마무리 짓고, 맥주 한 캔 들고 일본 영화와 드라마를 보기 시작했다. 보통 사람들은 밤 12시면 잘 시간이겠지만, 내게는 가장 일이 잘 되는 황금 시간이다. 그런 시간에 일을 접고 나를 위한 시간을 가진 것이다. 그래서 봤던 영화가, 그동안 사람들이 거품 물고 찬양할 때마다 꿀 먹은 벙어리 모드로 듣기만 했던 〈카모메 식당〉이었다. 식탁에서 맥주 한 모금 마시며 노트북으로 감상한 〈카모메 식당〉의 감동이란……!

처음부터 끝까지 그저 물 흐르듯 잔잔하기만 한 영화 한 편은 수채화 액자가 되어 내 가슴에 걸렸다. 그 후로 한 보름 정도 밤 12시쯤이면 일을 마무리하고 나를 위한 시간을 가졌지만, 결국 마감의 압박 앞에 사치스러운 취미생활을 포기하고 말았다. 아직은 즐길 때가 아닌 것 같았다. 그래도 여전히 〈카모메 식당〉의 여운에 잠겨 있을 때, 어머나. 출판사에서 〈카모메 식당〉 원작을 번역해달라는 전화가 왔다. 이게 무슨 로또 2등 부럽지 않은 행운이란 말인가. 너무 좋아서, 초면인 편집자에게 그러잖아도 요즘 〈카모메 식당〉에 빠져 있었다며 반색을 했다. 그리고 모든 스케줄을 살짝 뒤로 미루고 번역에 들어갔다.

이 책을 번역하다 보니 영화나 드라마를 먼저 보고 결말을 막 떠드는 사람들의 심리를 알 것 같았다. 『러브레터』는 영화와 원작이 대사 하나 다르지 않고 똑같은 데 비해, 『카모메 식당』은 영화에선 나오지 않는 세 여인의 비하인드 스토리가 자세히 나온다. 카모메 식당 주인 사치에 씨는 무슨 돈으로 핀란드에 식당을 차렸는지, 그의 어린 시절은 어땠는지, 〈독수리 5형제〉 노래 가사를 가르쳐준 미도리는 도쿄에서 무슨 일을 하다가 왔는지, 공항에서 짐이 바뀌었다는 아주머니는 어쩌다가 핀란드에 왔는지 등, 영화를 보며 품었던 궁금증을 시원하게 풀어준다. 그 사연들을 번역하고 있으려니 영화를 본 사람들에게 얼마나 가르쳐주고 싶던지, 책이 나올때까지 입이 근질거렸다.

번역을 넘기고서 한참 뒤, 담당 편집자가 편집을 마치고 무작정 핀란드행을 예약해버렸다고 메일을 보내왔다. "선생님, 원고에다 무슨 소울을 심어놓으신 거예요" 하면서. 부러

위 죽는 줄 알았다. 그 추운 겨울에 과감히 핀란드행을 저지르는 젊음과 열정이라니…….

표지마저 예쁜『카모메 식당』은 한동안 나의 넘치는 사랑을 받는 완소본이 될 것 같다.